Bernard Benson war Bomberpilot un
Rüstungsindustrieller im Dienst militär
Geschäft mit der Angst ausstieg, sich d
bestseller »Das Buch vom Frieden« sch
sten internationalen Erfolg, hat er Erk
gebracht, die ihm im Laufe der Jahre im
chen kamen.

Vollständige Taschenbuchausgabe 1989
Droemersche Verlagsanstalt Th. Knaur Nachf., München
Lizenzausgabe mit freundlicher Genehmigung des
Hoffmann und Campe Verlags, Hamburg
Titel der Originalausgabe »The Path To Happiness«
Copyright © Assigned To PRB Management Services Ltd. 1985
Copyright © Text and Illustrations by Bernard Benson
Ins Deutsche übertragen von Ingeborg F. Meier
Copyright © der deutschsprachigen Ausgabe by
Hoffmann und Campe Verlag, Hamburg, 1987
Umschlaggestaltung Manfred Waller
Reproduktion Reproteam Ulm
Druck und Bindung Appl, Wemding
Printed in Germany   5
ISBN 3-426-02885-9

Bernard Benson

DER WEG INS GLÜCK

Knaur

FÜR MEINE FRAU MARYSE
UND DIE DREI KLEINEN BLUMEN
... ALEXANDRA, ELVIRA
UND SAMAYA

INHALT

1. DAS SEIL UND DIE KETTE — 11
2. DIE SPIELSACHEN DES LEBENS — 23
3. DAS HIER UND HEUTE — 35
4. DIE DUNKELHEIT MIT LICHT DURCHDRINGEN — 41
5. SEIN UND SCHEIN — 51
6. DIE SYMPHONIE — 65
7. DIE MARIONETTE, DIE ENTKAM — 79
8. DER FURCHTSAME JONGLEUR — 91
9. DER MANN IM SPIEGEL — 103
10. DIE SIEBEN ZWERGE — 115
11. DIE SCHÄTZE IN DER TIEFE — 127
12. DAS HÜHNCHEN UND DAS EI — 137
13. HEIMKEHR! — 153

KAPITEL 1

DAS SEIL UND DIE KETTE

ZWEI KLEINE KINDER, DIE GERNE ALLES NEUE ERFORSCHTEN, VERIRRTEN SICH IM WALD UND STIESSEN PLÖTZLICH... AUF EINEN GEHEIMEN PFAD, GANZ GRÜN UND WUNDERBAR, UND DA STAND VOR IHNEN EIN SCHILD MIT DER AUFSCHRIFT...

SOGLEICH BEGANNEN SIE, DIESEN PFAD ZU ERKUNDEN, UND NACH EINEM LÄNGEREN STÜCK WEGS KAMEN SIE ZU...

... EINEM KLEINEN HAUS.

ES WURDE SCHON RECHT DUNKEL... UND SIE FÜRCHTETEN SICH EIN WENIG... SO KLOPFTEN SIE GANZ LEISE AN!

EIN ALTER MANN ÖFFNETE DIE TÜR, UND SIE WOLLTEN SCHON FORTLAUFEN. ER SCHAUTE ABER SO NETT DREIN, DASS SIE DABLIEBEN. ER BAT SIE, HEREINZUKOMMEN...

UND TEILTE SEINE SUPPE MIT IHNEN... DA FÜHLTEN SIE SICH GLEICH VIEL BESSER ... UND ALS SIE ANFINGEN, SICH UMZUSCHAUEN, SAHEN SIE ETWAS SEHR SONDERBARES...

VON DER DECKE HING EINE SCHWERE KETTE
... UND DANEBEN EIN DICKES SEIL ... UND
RINGSUM STANDEN KLEINE HOCKER.

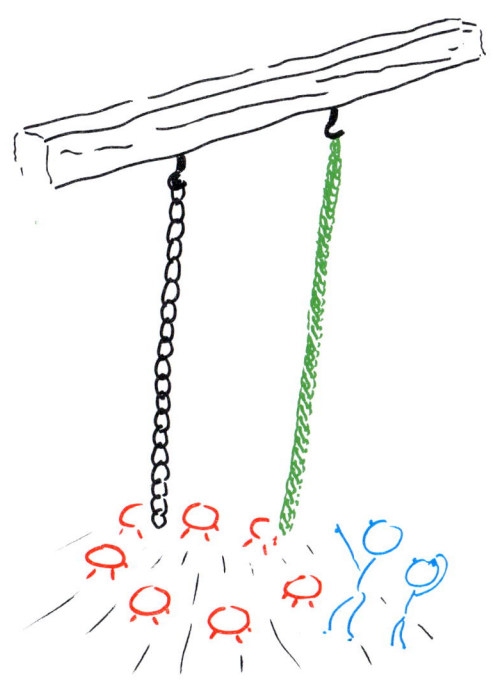

„WIE SELTSAM, WIE HÖCHST SELTSAM..." DACHTEN
SIE. SIE SCHAUTEN HINAUF...

SIE SCHAUTEN HINUNTER,

SIE SCHAUTEN RINGSUMHER,

ABER SIE WURDEN NICHT SCHLAU AUS DER SACHE...

SO FRAGTEN SIE EINFACH...
„VERZEIHEN SIE, LIEBER HERR,
ABER <u>WAS</u> MACHEN SIE DA?"

„ICH HELFE DEN LEUTEN,
IHR GLÜCK ZU FINDEN!"

„OH, BITTE ZEIGEN SIE UNS, WIE DAS GEHT,
DENN EBEN DAS SUCHEN WIR AUCH"
SAGTEN SIE GANZ ZAPPELIG VOR AUFREGUNG...

„SEHR GERNE..." SAGTE DER ALTE.
„DAS KANN JEDER LERNEN,
ER MUSS

ES NUR WIRKLICH WOLLEN.

SETZT EUCH MAL RUHIG HIN UND SCHAUT
EUCH DAS SEIL UND DIE KETTE
AUFMERKSAM AN... curious odd
VIELLEICHT WERDEN SIE EUCH
ETWAS SAGEN."

SIE SETZTEN SICH ALSO... UND SCHAUTEN... look
UND SCHAUTEN... ABER NICHTS GESCHAH. happen
NICHTS! occur
„SIEHST DU ETWAS?" FRAGTE EINES.
„NEIN, NICHTS, GAR NICHTS?" SAGTE DAS ANDERE.

„NUN SCHAUT ES EUCH EIN WENIG NÄHER AN..." SAGTE DER ALTE... DAS TATEN SIE DANN, UND AUF EINMAL BEMERKTEN SIE, DASS AUF JEDEM GLIED DER KETTE UND AUF JEDEM STRANG DES SEILS EIN WORT STAND, DAS ETWAS WICHTIGES BESAGTE...

„WIR VERSTEHEN IMMER NOCH NICHT!"

„ICH WERDE ES EUCH ERKLÄREN..." SAGTE ER FREUNDLICH. „DIE MEISTEN ERWACHSENEN MACHEN EINEN ENTSCHEIDENDEN FEHLER... SIE BILDEN IN IHREM GEIST EINE ART KETTE AUS ALL DEN DINGEN, DIE IHNEN WICHTIG ZU IHREM GLÜCK ERSCHEINEN... emergence UND WENN EIN GLIED BRICHT... UND DAS GESCHIEHT RECHT OFT...

happen

... GEHT IHRE GANZE KETTE <u>IN STÜCKE</u>

UND ALL IHR GLÜCK IST DAHIN!

UND ALLEIN WEGEN <u>EINES</u> GLIEDES HABEN ALL DIE ANDEREN GLIEDER IHREN WERT VERLOREN...

DABEI SIND SIE, JEDES FÜR SICH, IMMER NOCH BESTENS!

„DAS IST WAHR", SAGTEN DIE KINDER, „GENAUSO MACHEN SIE ES."

„JA. UND DANN BRAUCHT NUR DAS GERINGSTE SCHIEFZUGEHEN, WIE DASS JEMAND SEINEN HAUSSCHLÜSSEL VERLIERT... UND GLEICH KÖNNTE MAN MEINEN, DIE GANZE WELT BRÄCHE ZUSAMMEN!"

DA LACHTEN SIE ALLE!

„ABER WAS SOLLTEN DIE LEUTE DAGEGEN TUN?" FRAGTEN SIE.

„SIE MÜSSEN LERNEN,

SEILE DES GLÜCKS

ZU KNÜPFEN, SO DASS, WENN EIN STRANG REISST, DAS SEIL ZWAR EIN WENIG SCHWÄCHER WIRD, ABER NICHT GLEICH ALLES IN STÜCKE GEHT."

„DAS GANZE IST DANN JA AUCH VIEL LEICHTER ZU REPARIEREN!" SAGTE EINES DER KINDER.

„GANZ RICHTIG!" SAGTE DER ALTE.

„ABER WARUM MACHEN DIE LEUTE IHR GANZES LEBEN LANG IMMER DENSELBEN FEHLER?"

„WEIL SIE SICH NIE DIE ZEIT NEHMEN, DARÜBER NACHZUDENKEN", ANTWORTETE DER ALTE... „WENN SICH DIE BILDER VON DER KETTE UND DEM SEIL ABER ERST EINMAL FEST EINGEPRÄGT HABEN...

... SIND SIE NIE MEHR WIEDER DIESELBE."

„ES IST SCHÖN BEI IHNEN!" SAGTEN DIE KINDER, UND DER ALTE MANN LÄCHELTE... ER GAB IHNEN EINE DECKE, UND SIE ROLLTEN SICH AUF EINEM KLEINEN TEPPICH AM FEUER ZUSAMMEN...

UND SCHLIEFEN BIS ZUM MORGEN.

ALS SIE SICH AM NÄCHSTEN TAG ZUM AUFBRUCH (departure) BEREITMACHTEN, FRAGTEN SIE DEN ALTEN MANN... „ENDET DER WEG ZUM GLÜCK HIER?"

„O NEIN... IHR SEID KAUM ERST AM ANFANG... ICH HABE AN DIESEM WEG VIELE FREUNDE... IHR MÜSST SIE ALLE KENNENLERNEN, UND WENN IHR DANN AM ENDE DES PFADES ANGELANGT SEID, WERDET IHR MEHR ÜBER

DAS GLÜCK

WISSEN, VERGESST ABER EINES NIE...

KAPITEL 3

DIE SPIELSACHEN DES LEBENS

SIE GINGEN DEN GANZEN TAG.

NUR ZUR MITTAGSZEIT MACHTEN SIE RAST AN EINEM BACH UND ASSEN DIE BROTE, DIE IHNEN DER GASTFREUNDLICHE ALTE NETTERWEISE MITGEGEBEN HATTE.

BEI EINBRUCH DER NACHT, GERADE ALS SIE ANFINGEN, SICH EIN WENIG SORGEN ZU MACHEN, GELANGTEN SIE ZU EINEM HÜBSCHEN KLEINEN HAUS UNTER BÄUMEN...
ÜBERALL RINGSUM LAGEN EINE MENGE RÄDER, KARRENRÄDER UND WAGENRÄDER...

„MERKWÜRDIG", DACHTEN SIE UND KLOPFTEN ZAGHAFT AN DIE TÜR.

EIN ALTER MANN UND SEINE
FRAU ÖFFNETEN SIE WEIT...
"KOMMT HEREIN, WIR HABEN
EUCH SCHON ERWARTET",
HOBEN SIE AN... ABER
EINES DER KINDER
KONNTE EINFACH NICHT
WARTEN...

"WARUM SIND DA SO VIELE
RÄDER?" PLATZTE ES HERAUS.
DA ANTWORTETEN DIE BEIDEN ALTEN...
"KOMMT SEHT SIE EUCH AN,
BEVOR ES ZU DUNKEL WIRD."
... UND ALS SIE DIE RÄDER AUS DER NÄHE
ANSCHAUTEN, SAHEN SIE, DASS ALLERHAND
HÜBSCHE DINGE DARAUF GEMALT WAREN.

"O TOLL", RIEFEN DIE KINDER,
"KÖNNEN WIR NOCH
MEHR SEHEN?"
"KOMMT MIT..."
SAGTEN DIE ALTEN
LEUTE.
HINTER DEM BAUERN-
HAUS STANDEN VIELE,
VIELE KARREN, EINIGE
DAVON ALT UND ABGENUTZT,
ANDERE NEU UND
WUNDERSCHÖN.
"BAUEN SIE DIE WAGEN?"
"JA", SAGTEN SIE.
"FÜR WEN?"

„FÜR ALLE, DIE AUF DEM LEBENSWEG REISEN!"

"BITTE REDEN SIE WEITER", SAGTEN DIE KINDER.

"KOMMT HEREIN ZUM FEUER, DANN WILL ICH ES EUCH ERKLÄREN", SAGTE DER MANN FREUNDLICH, UND WÄHREND SEINE FRAU EINE SUPPE KOCHTE, BEGANN ER.

"JEDES DIESER FAHRZEUGE HAT **4** RÄDER,

1 „DAS RAD DER KÖRPERLICHEN BEDÜRFNISSE... FREIHEIT VON **HUNGER, KRANKHEIT** UND **KÄLTE**"

„DAS MUSS SEIN..." SAGTE EINES DER KINDER VERSTEHEND.

„ABER VIELE, VIELE KINDER UND ERWACHSENE HABEN NICHT EINMAL DIESES EINE RAD."

„NEIN?" FRAGTE EINES DER KINDER ERSTAUNT.

„BEDAUERLICHERWEISE NEIN!" SAGTE DER ALTE MANN, UND AUF EINMAL ROCH DIE SUPPE SO GUT UND STRAHLTE DAS FEUER SO WARM.

2 „DAS RAD DER LIEBE, DAS AUS ZWEI HÄLFTEN BESTEHT – LIEBEN UND GELIEBT WERDEN."

„OHNE DAS KOMMT ES EINEM SOGAR IM SOMMER IRGENDWIE KALT VOR, NICHT?" SAGTE DAS KLEINE.

3

„DIE RÄDER DER IRDISCHEN ZIELE."

„UND WAS SIND DAS, IRDISCHE ZIELE?"

„DAS SIND DIE STATIONEN AUF DEM LEBENSWEG, DIE DER REISE EINEN SINN GEBEN... SIE VERÄNDERN SICH STÄNDIG, DAS GANZE LEBEN LANG..."

4

„UND DAS VIERTE RAD?" FRAGTE EINES DER KINDER.
„DAS IST DAS RAD DER GÖTTLICHEN ZIELE!"
„WAS SIND NUR GÖTTLICHE ZIELE?"
„DAS SIND DINGE, DIE WIR ANSTREBEN, DINGE, DIE IM JENSEITS UND AUSSERHALB DER IRDISCHEN GRENZEN LIEGEN."
„WIE AUFREGEND!" MEINTEN DIE KINDER.

„UND IST DAS ALLES, WAS DIE LEUTE FÜR DIE REISE DURCHS LEBEN BRAUCHEN?"

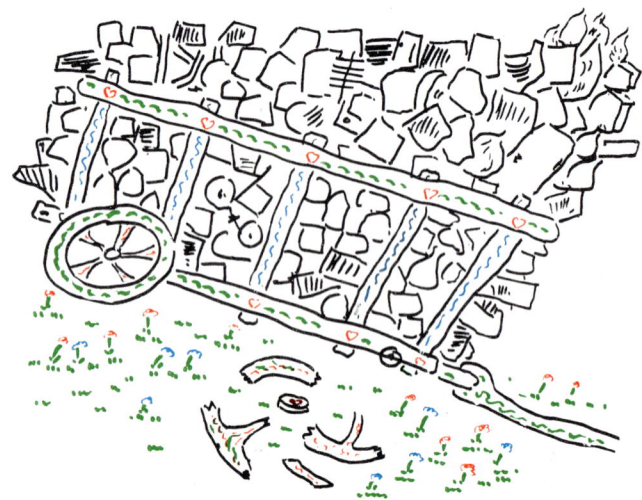

„JA, ALLES, WAS SIE **WIRKLICH** BRAUCHEN, ABER LEIDER ÜBERLADEN SIE IHRE WAGEN MIT SO VIEL KRAM, DER IHNEN NÖTIG ERSCHEINT, DASS IHNEN OFT DIE RÄDER BRECHEN UND SIE DIESE ZURÜCKBRINGEN MÜSSEN, UM SIE REPARIEREN ZU LASSEN."

„UND **KÖNNEN** SIE SIE REPARIEREN?"

„NICHT IMMER", ANTWORTETE DER ALTE MANN TRAURIG.

„DIE RÄDER DER **GESUNDHEIT** UND DER **LIEBE** SIND OFT WIRKLICH SEHR SCHWER ZU REPARIEREN."

„UND WARUM WÜNSCHEN SIE SICH SO VIEL?" FRAGTEN DIE KINDER... „WEIL IHNEN DAS BEIGEBRACHT WIRD, DURCH ALLES WAS SIE HÖREN UND SEHEN..."

„ABER SCHLIMMER NOCH... MAN LEHRT SIE, VON ALLEM, WONACH ES SIE VORIGES JAHR VERLANGTE — DIES JAHR NOCH MEHR ZU WOLLEN!"

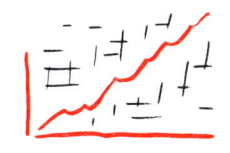

VERRÜCKT!

sagte eines der Kinder.

„Ja!" sagte der alte Mann.

„Aber was können wir **TUN**, um den Erwachsenen zu helfen?" fragten die Kinder.

„Ihr müsst versuchen, ihnen zu zeigen, dass alles, was sie sich auf den Lebenswagen laden, wohl Freude machen kann... dass sie den Dingen aber nicht so viel Bedeutung zumessen sollten."

„DAS SIND NUR SPIEL-SACHEN DES LEBENS!"

„HÄNGEN DIE LEUTE DENN WIRKLICH SO DARAN?"

„SIE SIND BEREIT, DAFÜR IHR
LEBEN ZU LASSEN...
UND MANCHE STERBEN WIRKLICH DAFÜR!"

„SIND DIE GROSSEN NICHT KOMISCH!"
SAGTEN DIE KINDER UND SCHÜTTELTEN
SICH SCHON WIEDER VOR LACHEN.

DOCH IHNEN ENTGING
NICHT, DASS DER ALTE
MANN SEHR TRAURIG WAR.

„ABER WENN MANCHE LEUTE SCHON ZUFRIEDEN
SIND, EIN FAHRZEUG ZU HABEN... WIESO
WOLLEN ANDERE DANN DAFÜR STERBEN,
IMMER MEHR ZU HABEN?" FRAGTEN SIE.

„WEIL DIE MEISTEN
MENSCHEN SICH
NIE KLARGEMACHT
HABEN, DASS...

DAS GLÜCK EINE SCHAUKEL ZWISCHEN <u>WÜNSCHEN</u> UND <u>HABEN</u> IST!

SCHWERWIEGENDE WÜNSCHE

WIE SCHWER AUCH IMMER EUER <u>HABEN</u> IST, WENN EUER <u>WÜNSCHEN</u> NOCH SCHWERER IST, WERDET IHR IMMER <u>UNTEN</u> SEIN!

WENN IHR ABER SEHR WENIG HABT UND NOCH WENIGER WÜNSCHT, WERDET IHR IMMER <u>OBEN</u> SEIN!

VERSUCHT ZU BEKOMMEN, WAS IHR EUCH WÜNSCHT; WENN DAS ABER NICHT GEHT... LERNT ZUFRIEDEN ZU SEIN MIT DEM, WAS IHR <u>HABT</u>!

DANN WERDET IHR IMMER HABEN, WAS IHR EUCH WÜNSCHT!

"VERGESST NIE", SAGTE DER ALTE MANN —
"WENN EUER FAHRZEUG VOLL IST VON DINGEN
UND IHR ANGST HABT, DASS SIE ...
  VERLOREN GEHEN
  ODER GESTOHLEN WERDEN
  ODER UNTERWEGS HERUNTERFALLEN
  ODER BEIM STOSSEN UND RÜTTELN
  AUF DER STRASSE KAPUTT GEHEN,

HALTET DEN DIEB!

SEID IHR OHNE SIE BESSER DRAN!

SONST MACHT IHR EUCH
NUR ZU DEREN
SKLAVEN!"

"DIE SUPPE IST FERTIG!"
RIEF DIE FRAU
DES ALTEN.

SIE ROCH SO GUT
  UND SCHMECKTE SO FEIN.
  UND DANN GINGEN SIE
  ALLE ZU BETT. AM NÄCHSTEN
  MORGEN BRACHEN SIE
  WIEDER AUF.

KAPITEL III
DAS HIER UND HEUTE

BALD NACHDEM SIE WIEDER UNTERWEGS WAREN, VERNAHMEN SIE IN DER FERNE DAS RUMPELN EINES KARRENS, UND ALS DER UM DIE KURVE BOG, SAHEN SIE ETWAS SEHR MERKWÜRDIGES...

DA KAM EIN OCHSENKARREN DAHER MIT DREI MÄNNERN DARAUF... EINER STAND VORN... MIT EINEM FERNROHR UND SCHAUTE SEHR SORGENVOLL DREIN... EIN ZWEITER SCHAUTE ZURÜCK... UND SCHAUTE EBENSO BESORGT DREIN...

DOCH DER DRITTE ZWISCHEN DIESEN BEIDEN, EIN KLEINER MANN, WIRKTE SEHR FRÖHLICH...

ALS DER WAGEN HERANKAM, RIEF DER FRÖHLICHE KLEINE... „HALLO, IHR DA, SPRINGT DOCH AUF!" DAS TATEN SIE DANN AUCH. DIE ANDEREN BEIDEN MÄNNER, DIE MIT DEN FERNROHREN, HATTEN DIE KINDER NICHT EINMAL BEMERKT.

„WAS IN ALLER WELT TUN DIE BEIDEN?" FRAGTE EINES VON IHNEN.

„OH... DAS DA IST HERR VORSCHAU", SAGTE DER KLEINE FRÖHLICHE UND DEUTETE AUF DEN MANN, DER VORN STAND, „ER TUT NICHTS ANDERES ALS VORAUSSCHAUEN... UND PLANEN UND SICH SORGEN!"

„UND DER ANDERE...?"

„DAS IST HERR RÜCKSCHAU, ALLES WAS ER JE TUT, IST ZURÜCKSCHAUEN... FÜR GEWÖHNLICH BEREUT ER ETWAS!"

„UND WAS TUN SIE?"

FRAGTEN SIE DEN MANN IN DER MITTE.

„ICH...? ICH LEBE IN DER GEGENWART... IM HIER UND HEUTE...

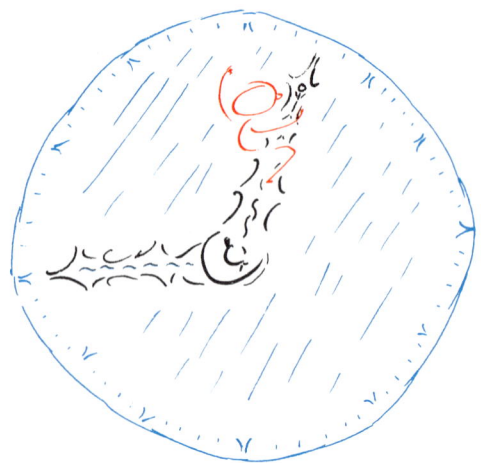

ICH SEHE DIE BLUMEN UND DIE VÖGEL UND DIE BÄUME... UND ALLES UM MICH HERUM... ICH HABE EUCH GESEHEN!

HIN UND WIEDER SCHAUE ICH SORGSAM VORAUS, UM ZU SEHEN, WOHIN ICH GEHE,

UND ZURÜCK, UM AUS ERFAHRUNGEN ZU LERNEN...

ABER ICH LEBE IM JETZT, VON AUGENBLICK ZU AUGENBLICK!"

„WARUM?" FRAGTEN DIE KINDER.

„WEIL DAS MORGEN NOCH NICHT DA UND DAS GESTERN SCHON VORBEI IST... DAHER IST DAS **HEUTE** ALLES, WAS WIR HABEN, UND WENN WIR ES NICHT NUTZEN UND GENIESSEN, WERDEN WIR UNSER

LEBEN

AM ENDE VERTAN HABEN!"

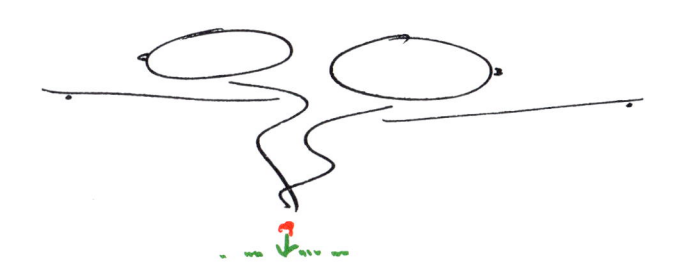

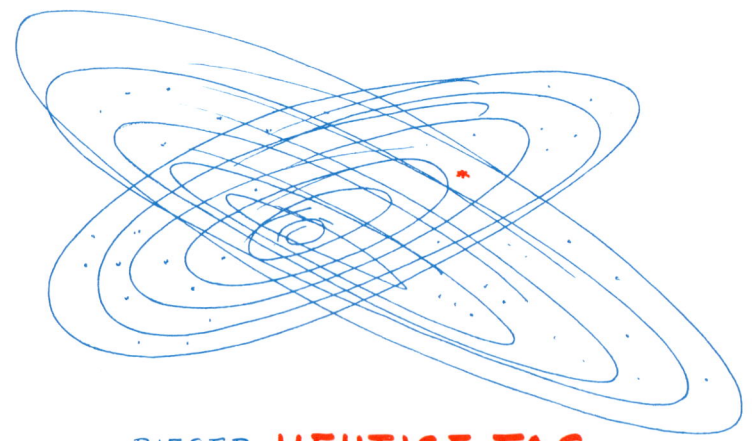

„DIESER **HEUTIGE TAG**
UND DIESES MEIN **ICH**...
SIND EIN EINMALIGES ER-
EIGNIS IM UNIVERSUM...
EIN ZUSAMMENTREFFEN,
DAS ES NIE ZUVOR GEGEBEN
HAT... UND NIE WIEDER
GEBEN WIRD... **NIRGEND-
WO, NIEMALS!**"

„UND WAS GEBEN SIE DER WELT?"
FRAGTE EINES DER KINDER, EIN WENIG
SCHEU. ~ timid

„ALLES, WAS ICH AN GUTEM TUN KANN, ALS DANK FÜR JEDEN TAG MEINES LEBENS!"

„BEDENKET STETS...
DIE GEGENWART IST DIE FRUCHT
DER VERGANGENHEIT...
UND DER SAME DER ZUKUNFT...

VERGESST DAS NIE!"

KAPITEL XIII

DIE DUNKELHEIT MIT LICHT DURCHDRINGEN

ALS DIE KINDER WEITERGINGEN, KAMEN SIE AUF DEN GIPFEL EINES KLEINEN HÜGELS UND SAHEN AN BEIDEN SEITEN DES WEGES EIN BAUERNHAUS, DOCH BEIDE WAREN GRUNDVERSCHIEDEN...

AUF DER EINEN SEITE WAR EIN MANN, DER ÄCHZTE UND STÖHNTE... PRUSTETE UND SCHNAUBTE... EIFRIG BEMÜHT, ÜBERALL IM GARTEN UNKRAUT HERAUSZUZIEHEN, UND TROTZDEM SAH DER GARTEN, OBWOHL BLUMEN DA WAREN, <u>GANZ SCHLIMM</u> AUS.

UND AUF DER ANDEREN SEITE STAND EIN SEHR HÜBSCHES KLEINES BAUERNHAUS, UND DORT, AUF DER TERRASSE, UMGEBEN VON HERRLICHEN BLUMEN, SASS EIN MANN, DER VOR LÄCHELN STRAHLTE. „KOMMT DOCH HEREIN", RIEF ER, DER MANN AUF DER ANDEREN SEITE HINGEGEN WAR VIEL ZU BESCHÄFTIGT, UM SIE ZU BEMERKEN.

„WIESO IST IHR GARTEN SO SCHÖN?"
FRAGTEN SIE GERADEHERAUS...

„SETZT EUCH HER, ICH WILL ES EUCH
ERKLÄREN!" SAGTE IHR GAST-
GEBER FREUNDLICH.

„VOR JAHREN VERSUCHTE ICH IMMER, MEINEN
GARTEN REINZUHALTEN, INDEM ICH ALLES
UNKRAUT AUSRISS; ICH KAM ABER BALD DARAUF,
DASS ICH ES AUF DIESE ART NICHT FERTIG-
BRACHTE. IMMER BLIEBEN SAMEN ZURÜCK,
UND AN DIESEN STELLEN WUCHS IMMER NEUES
UNKRAUT... ES WAR KEIN ENDE ABZUSEHEN!

SO SUCHTE ICH NACH UND
NACH BLUMEN, DIE DAS UN-
KRAUT VERDRÄNGTEN, UND
DIE STREUTEN IHRERSEITS
IHRE GUTEN SAMEN, DIE
DAS UNKRAUT VERDRÄNGTEN, BIS DER
GARTEN SICH SCHLIESSLICH VON SELBST
SAUBERHIELT!"

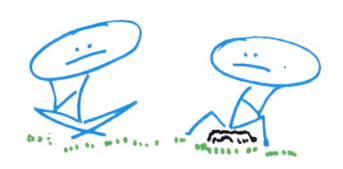

DIE KINDER SASSEN LANGE DA, DACHTEN NACH UND SAGTEN KEIN WORT... DA LÄCHELTE DER MANN UND FRAGTE...

„WORÜBER DENKT IHR NACH?"

„TJA..." SAGTE EINES DER KINDER...
„WENN ICH ETWAS BÖSES DENKE, BEMÜHE ICH MICH SCHRECKLICH...

DIESEN GEDANKEN <u>AUSZULÖSCHEN</u>,

IHN ZU <u>ZERMALMEN</u>,

IHN <u>HERAUSZUREISSEN</u>

ABER ICH SCHAFFE ES NIE SO RECHT.

ER BLEIBT IMMER DA...
BEREIT, JEDERZEIT
WIEDERZUKOMMEN,
STÄRKER ALS JE ZUVOR.

WAS KANN MAN DA <u>TUN</u>?"

"SCHENK IHM NICHT ALLZUVIEL BEACHTUNG... LASS NICHT ZU, DASS ER SICH WICHTIG FÜHLT.

BESCHÄFTIGE DICH IM GEISTE EINFACH MIT ANDEREN <u>POSITIVEN</u> DINGEN, MIT GEDANKEN VOLLER LICHT, UND SIE WERDEN NACH UND NACH DIE UNERWÜNSCHTEN VERDRÄNGEN.

DIESE WERDEN ERSTICKEN UND ABSTERBEN...
GANZ OHNE REISSEN UND ZIEHEN...
ODER <u>SCHMERZ</u>...
UND KEINE KEIME ZURÜCKLASSEN,
DIE WACHSEN KÖNNEN.

HILFE!

WENN DU EIGENSCHAFTEN HAST, DIE DICH UN-
GLÜCKLICH MACHEN, WENN DU IN DEINEM
LEBEN MEHR <u>NIMMST</u> ALS <u>GIBST</u>...

> DANN KONZENTRIERE DICH EINFACH
> DARAUF, WIEVIEL FREUDE ES MACHT,
> ZU GEBEN...
> UND EINES TAGES WIRST DU ZURÜCK-
> SCHAUEND ERKENNEN, DASS DU DIESE
> DUMME ALTE ANGEWOHNHEIT LÄNGST
> ABGELEGT HAST!

DAS GLEICHE GILT AUCH
FÜR DEN HASS,
DEN ZORN
DEN EGOISMUS
DIE GRAUSAMKEIT,
<u>EINFACH FÜR ALLE NEGATIVEN GEFÜHLE!</u>

> DURCHDRINGE NUR DEN HASS MIT MITLEID...
> DEN EGOISMUS MIT BESCHEIDENHEIT
> DEN ZORN MIT NACHSICHT
> DIE GRAUSAMKEIT MIT GÜTE,

DIE **DUNKLEN** GEDANKEN
MIT **LEUCHTENDEN**

PLÖTZLICH BEMERKTEN DIE KINDER, DASS ES DUNKEL WURDE,

DER MANN DREHTE SICH UM, NAHM EINE LATERNE

UND ZÜNDETE SIE AN!

UND DABEI SAGTE ER ....

„SCHAUT,

WENN DIE DUNKELHEIT KOMMT, KÖNNT IHR SIE NICHT WEGSCHAUFELN...ODER AUSREISSEN.

ABER IHR KÖNNT SIE MIT LICHT DURCHDRINGEN UND SCHLIESSLICH AUF DIESE WEISE BESIEGEN!"

„WAS FÜR EIN WUNDERBARER GEDANKE!" SAGTEN DIE KINDER ... „WIE WOHLTUEND UND ERHELLEND!"

„DABEI GANZ EINFACH!" SAGTE DER MANN.

UND SIE LÄCHELTEN ALLE VERSTÄNDNISINNIG.

„WARUM HABEN UNS DENN DIE GROSSEN NICHTS DAVON GESAGT, ES SCHEINT SIE GEHEN AN DAS GUTE IMMER AUF DIE <u>SCHWIERIGST</u> DENKBARE ART ÜBERHAUPT HERAN?"

„VIELLEICHT, WEIL DIE ERWACHSENEN ANGEHALTEN WURDEN, PROBLEME ZU LÖSEN, INDEM SIE DINGE <u>UNTERDRÜCKEN</u>, ANSTATT SICH <u>KREATIV</u> MIT NEUEN DINGEN ZU BESCHÄFTIGEN.

47

WENN IHR SELBST GENUG <u>GUTES SCHAFFT</u>, KANN DAS <u>BÖSE</u> NICHT ÜBERLEBEN...

WENN IHR HINGEGEN VERSUCHT, DAS BÖSE ZU UNTERDRÜCKEN, WIRD ES EUCH IMMER ENTGLEITEN, WIE EINE VERFAULTE BANANE EINER GEBALLTEN FAUST!"

"PFUI! WAS FÜR EIN GRAUSLICHER GEDANKE", SAGTE EINES DER KINDER, UND INSTINKTIV WISCHTEN SICH BEIDE DIE HÄNDE AN DEN HOSEN AB.

"KOMMT ZUM ABENDESSEN, ICH HABE AUCH EIN NETTES KLEINES SCHLAFZIMMER FÜR EUCH..." SAGTE DER MANN UND SIE SCHLUPFTEN ZUR NACHT UNTER.

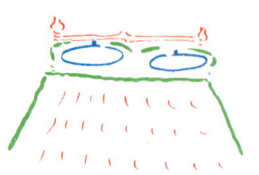

AM NÄCHSTEN MORGEN HÖRTEN SIE BEIM ERWACHEN, WIE IHR NACHBAR NOCH IMMER AUF SEINEN GARTEN EINHACKTE.

"WAS MACHT ER MIT DEM UNKRAUT, DAS EINFACH <u>NICHT</u> WEGGEHEN <u>WILL</u>?" FRAGTE EINES.

„OFTMALS...", ANTWORTETE DER ALTE... „IST DAS JA GAR NICHT MAL NUR UNKRAUT, SONDERN ES SIND PFLANZEN, DIE ALLERLEI GUTEN ZWECKEN DIENEN... UND SEHR SCHÖNE BLÜTEN HABEN, ABER DIE LEUTE WOLLEN DIE GUTEN EIGENSCHAFTEN IN IHNEN EINFACH NICHT ERKENNEN."

GERADE ALS DIE KINDER SICH ANSCHICKTEN FORTZUGEHEN, ENTDECKTEN SIE IM WALD VERSTECKT EIN DRITTES HAUS...

„WER WOHNT DORT?" FRAGTEN SIE.

„EIN GROSSER ARZT... ER ZÜCHTET GIFT-PFLANZEN UND MACHT DARAUS GROSSARTIGE HEILMITTEL, DAS IST DER DRITTE – UND HÖCHSTE – WEG, UM DAZU ABER FÄHIG ZU SEIN, MUSS MAN SEHR VIELE DINGE ERLERNT HABEN!"

DIE KINDER DANKTEN IHREM GASTGEBER FÜR ALL SEINE FREUNDLICHKEIT... UND ZOGEN VON DANNEN.

ALS SIE WIEDER AUF DEM WEG ANKAMEN, SAGTE EINES ZUM ANDEREN... „DER DRITTE WEG... ABER WIE SAHEN DIE BEIDEN ANDEREN AUS?"

„ICH GLAUBE, DER **1.** BESTEHT DARIN, DASS MAN VERSUCHT DAS BÖSE AUSZUREISSEN... UND ZU ZERSTÖREN...

DER **2.** DARIN, ES MIT GUTEM ZU ÜBERSTRÖMEN!

UND DER **3.** ... IST, ES IN GUTES UMZUWANDELN."

„ICH MEINE, DAS ALLES KÖNNTE RECHT WICHTIG SEIN... GLAUBST DU NICHT AUCH?" SAGTE EINES DER KINDER.

„JA... ABER LASS UNS JETZT WEITERZIEHEN!" SAGTE DAS ANDERE... UND SO MACHTEN SIE SICH WIEDER AUF DEN WEG.

KAPITEL 11
SEIN UND SCHEIN

ALS SIE EINE WEILE UNTERWEGS WAREN, GELANGTEN SIE AN EINE HÖHLE IN EINEM BERGHANG...

„SCHAU... EINE HÖHLE!" RIEFEN SIE GANZ AUFGEREGT.

„GEHEN WIR HINEIN."

DANN SAHEN SIE, DASS AM EINGANG DER HÖHLE EIN MANN SASS.

„KÖNNEN WIR HINEINGEHEN?" FRAGTEN SIE.

„JA... ABER IHR WERDET EIN LICHT BRAUCHEN, UM EUCH ZURECHTZUFINDEN."

„WIE SIEHT ES DRINNEN AUS?"

„DAS HÄNGT VON EUCH AB... NEHMT DIESE LATERNE UND IHR WERDET ES SEHEN."

ER GAB IHNEN AUCH EINEN BERGMANNSHELM.

„...IHR KÖNNT ABER NUR EINER NACH DEM ANDEREN HINEINGEHEN", SAGTE ER.

„WARUM...?" FRAGTEN SIE VERWUNDERT.

„...WEIL IHR DORT, WO IHR HINGEHEN WERDET, NUR MIT EUREM EIGENEN LICHT SEHEN KÖNNT... MIT DEM EINES ANDEREN KÖNNT IHR NICHT SEHEN!"

DAS GRÖSSERE GING SEHR VORSICHTIG HINEIN, UND DAS KLEINERE WARTETE DRAUSSEN...

SEIN LICHT WARF RUNDHERUM DÜSTERE SCHATTEN...
DIE HÖHLE ERSCHIEN IHM GANZ GRAU UND
GESPENSTISCH... DER KLEINE JUNGE GING
WEITER... UND WEITER... UND WEITER.

SCHLIESSLICH BLIEB ER STEHEN... UND SAGTE
SICH: „DAS KANN NICHT SEIN. IN DIESER
HÖHLE <u>MÜSSEN</u> SEHR SCHÖNE DINGE ZU
SEHEN SEIN... WENN ICH SIE NUR FINDEN
KÖNNTE..."
DA ERHELLTE SICH ALLES RINGS UM IHN HER
IN EINEM WARMEN LICHT...

UND ER ENTDECKTE KLEINE SEEN IM GESTEIN...
WASSERFÄLLE... KRISTALLE... ALLERLEI GANZ
WUNDERSCHÖNES.
„DAS IST MEIN LICHT!" RIEF ER AUS.

„DEIN LICHT – DEIN LICHT –"

RIEF DAS ECHO IN DER HÖHLE ZURÜCK...
SCHALLTE ES VON ALLEN SEITEN... ES WAR
HERRLICH.

„ICH HAB'ES, HAB'ES!"
RIEF ER VOLLER BEGEISTERUNG.

„HAB'ES – HAB'ES!"
ANTWORTETE DAS ECHO.

WAS ICH UM MICH HERUM SEHE, HÄNGT GANZ ALLEIN VON MIR AB– NICHT VON DER HÖHLE!

**SO IST ES...
SO IST ES...!**

SCHALLTE ES VON DEN WÄNDEN ZURÜCK.

AUFGEREGT RANNTE ER AUS DER HÖHLE.

DA FAND ER DEN NETTEN MANN WIEDER, DER IHM DAS LICHT GELIEHEN HATTE, UND FRAGTE IHN:

"WELCHE FARBE HABEN DIE HÖHLEN-WÄNDE **WIRKLICH...** SIND SIE GRAU ODER GANZ LEUCHTEND HELL?"
FRAGTE ER.

„EIN IST GIBT ES NICHT

„ES GIBT NUR EIN SCHEINT!"

ANTWORTETE DER MANN.

„WIE DIE DINGE WIRKEN, HÄNGT ALLEIN DAVON AB, IN WELCHEM LICHT WIR SIE SEHEN. WENN WIR KEIN LICHT IN UNS HABEN, ERSCHEINT DIE WELT UNS TRÜBE UND DUNKEL!
VERGESST DAS NIE, ES IST

DAS LICHT IN UNS SELBST,
DAS SIE ERHELLT, UND NICHT DAS DER ANDEREN.
WIE WIR DIE DINGE SEHEN, HÄNGT VON UNS AB!"

„SELTSAM..." MURMELTE EINES DER KINDER...
„FÜR MANCHE LEUTE SIEHT DIE WELT IMMER DÜSTER AUS, DABEI WÜRDE MAN ERWARTEN, DASS SIE IHNEN GANZ HELL ERSCHEINT...

FÜR ANDERE WIEDERUM SIEHT SIE SELBST DANN NOCH HELL AUS, WENN MAN ANNEHMEN KÖNNTE, DASS SIE IHNEN GANZ DUNKEL ERSCHEINT!"

„ABER WIE KANN MAN SEIN LICHT
<u>REGULIEREN</u>?"
FRAGTE EINES DER KINDER.

„IN DER HÖHLE SCHIEN SICH MEINES
EINFACH GANZ VON SELBST, MIT
MEINEN GEDANKEN, ZU VERÄNDERN."

„<u>RICHTIG</u>... GENAUSO GEHT
DAS VOR SICH... WIE DU
DIE DINGE SIEHST, HÄNGT
GANZ ALLEIN VON DEINEM
GEMÜTSZUSTAND AB...
VON DORT HER KOMMT DAS
LICHT, MIT DEM WIR
SEHEN.

MERKT EUCH DAS —
EIN <u>IST</u> GIBT ES
NICHT, ES GIBT NUR
EIN <u>SCHEINT</u>!"

„BEGRIFFEN!"
SAGTEN SIE.

„SELTSAM..." SAGTE EINES, „ABER DAS IST MIR SCHON AUFGEFALLEN: WENN EINER SCHLECHTER STIMMUNG IST, WIRD ER ALLES, WAS DU SAGST, UND SEI ES NOCH SO NETT, ALS BELEIDIGUNG AUFFASSEN...

DU SENDEST EINE **ROSAROTE** BOTSCHAFT AUS UND SIE WIRD ALS **SCHWARZ** EMPFANGEN.

WAS KANN MAN DA TUN?

JEMANDEM ZU SAGEN, DASS ETWAS **ROSAROT** IST, HILFT NICHT, SOLANGE DER ARME ES **SCHWARZ** SIEHT."

„NUN..." SAGTE DER MANN...

„... WENN IHR SO JEMANDEM WIRKLICH HELFEN UND NICHT NUR BEWEISEN WOLLT, DASS IHR RECHT HABT, KÖNNT IHR IHM IM RECHTEN AUGENBLICK KLARMACHEN, DASS DAS LICHT AUS EINEM SELBST KOMMT...

DASS ES IHR LICHT IST UND SIE LERNEN <u>KÖNNEN</u>, DAMIT ZU MACHEN, WAS IHNEN BELIEBT UND WAS IHNEN AM BESTEN ERSCHEINT... SIE MÜSSEN ES NUR WIRKLICH <u>WOLLEN</u>...

UND DANN KANN ALLES UM SIE HERUM BALD GANZ ANDERS AUSSEHEN."

„ABER GELEGENTLICH, SOGAR SEHR OFT, GEHEN DEN LEUTEN DIE LICHTER AUS UND SIE WISSEN, DASS DAFÜR EIGENTLICH KEIN GRUND BESTEHT, WEIL ALLES GANZ IN ORDNUNG IST...

WAS KANN MAN DANN <u>TUN</u>?

WENN DAS LÄNGER ANHÄLT, SOLLTE MAN SICH MAL FRAGEN, OB MAN GESUNDHEITLICH GANZ IN ORDNUNG IST, DENN WENN MAN SICH KÖRPERLICH NICHT WOHLFÜHLT, KANN MAN NICHT GUT GELAUNT SEIN...

WENN MIT DEM KÖRPER ALLES IN ORDNUNG IST, UND WENN SIE AUCH SONST KEINE GRÖSSEREN PROBLEME HABEN, DANN KÖNNEN SIE SICH FRAGEN, OB NICHT EINE KLEINE FREUDE DAS ROSAROTE LICHT WIEDER ENTZÜNDEN KÖNNTE, EIN KLEINES GESCHENK ODER EIN AUSFLUG ... ODER SONST IRGEND ETWAS.

ES GIBT KEINEN GRUND, MIT SICH SELBST ALLZU STRENG ZU SEIN; LIEBER SOLLTE MAN MIT SICH EINE <u>ÜBEREINKUNFT</u> TREFFEN UND SOFERN MAN SICHER IST, NIEMANDEM ZU SCHADEN, <u>SICH SELBST</u> EINGESCHLOSSEN, UND DASS MAN SICH KEINE SCHLECHTEN GEWOHNHEITEN ZULEGT, KANN EIN KLEINES ENTGEGENKOMMEN HELFEN, DAS LICHT WIEDER EINZUSCHALTEN.

UND WISST IHR, NOCH ETWAS KANN DAS HELLE LICHT WIEDER AUFLEUCHTEN LASSEN...

***DIE MUSIK!*»**

„SELTSAM..." SAGTE EINES, „ABER MANCHMAL BIN ICH UNGLÜCKLICH, KOMME ABER NICHT DAHINTER, WARUM."

„DANN LENK DICH AB... BESCHÄFTIGE DICH MIT ETWAS ANDEREM. VERSUCHE NICHT HERAUSZUFINDEN, WAS DICH TRAURIG STIMMT... DENK AN ERFREULICHE DINGE, UND DEIN KUMMER VERFLIEGT... BILDE DIR EIN, DU HAST EINEN ZAUBERSTAB UND KANNST DIE DINGE VERÄNDERN... EINES NACH DEM ANDERN...

ICH HABE MEINE PRÜFUNGEN BESTANDEN

ES GEHT MIR GUT

ODER WENN DU ERWACHSEN BIST:

MAMA UND PAPA STREITEN NICHT MEHR

ICH HABE VIEL GELD

ICH FÜHLE MICH UM 20 JAHRE VERJÜNGT

ICH HABE EINE ARBEIT DIE MIR SPASS MACHT

ICH BIN GLÜCKLICH VERHEIRATET

ES WIRD EUCH VIELLEICHT ÜBERRASCHEN, ABER DIE PROBLEME BESTEHEN OFT NUR IN UNSEREM KOPF. UND WENN MAN ERST EINMAL DAHINTERKOMMT, WIRD MAN VIEL LEICHTER DAMIT FERTIG... ODER KANN SICH DOCH WENIGSTENS VIEL BESSER DAMIT ABFINDEN!"

„ABER MANCHMAL HABEN DIE LEUTE SO GROSSE PROBLEME, DASS SIE DAVON ÜBERWÄLTIGT WERDEN UND NICHT DIE KRAFT HABEN, IHR LICHT ZUM LEUCHTEN ZU BRINGEN...

WAS KÖNNEN SIE DANN TUN?"

„WENN ES AUCH SCHWER IST, DAS JETZT ZU VERSTEHEN... GERADE AUS SOLCHEN ERLEBNISSEN KANN EINEM VIEL KRAFT UND WEISHEIT ERWACHSEN... UND WENN MAN IMSTANDE IST, DAS ZU BEGREIFEN, WIRD MAN LERNEN, ALLES IN EINEM GANZ ANDEREN LICHTE ZU SEHEN. STELLT EUCH MAL EINEN BAUM VOR, GROSS UND PRÄCHTIG, DER SICH IN DEN BLAUEN HIMMEL ERHEBT UND DER SONNE ENTGEGENWÄCHST...
UND DOCH BEZIEHT ER SEINE STÄRKE AUS SEINEN WURZELN, DIE IN DER ERDE SIND, WO ES SCHWARZ UND FINSTER IST UND KALT UND FEUCHT UND VOLL VON KRIBBELNDEM UND KRABBELNDEM GETIER...
HASST DER BAUM VIELLEICHT DIE ERDE?
NEIN, DENN ER WEISS, DAS SIE DIE QUELLE SEINER STÄRKE IST!
LASST EINEN BAUM EUER LEHRER SEIN!"

ALS SIE SICH ANSCHICKTEN ZU GEHEN, FRAGTE DER MANN SIE:

„WENN ALSO JENES KALTE, ELENDE GEFÜHL EUCH ÜBERKOMMT, MIT... ODER OHNE GUTEN GRUND...

WAS WERDET IHR DANN TUN?"

„WIR WERDEN UNS BEMÜHEN, UNSEREM LICHT MEHR KRAFT ZU GEBEN UND DAS SCHÖNE UM UNS HERUM ZU SEHEN!"

„UND WIR WERDEN UNSER LICHT STÄNDIG GUT VERSORGEN...!" SAGTE DAS KLEINERE.

„GUT!" SAGTE ER, UND SIE SCHIEDEN IN GROSSER HERZLICHKEIT VONEINANDER.

KAPITEL XXIX
DIE SYMPHONIE

DIE NÄCHSTE NACHT VERBRACHTEN SIE IN DER VERLASSENEN HÜTTE EINES HIRTEN. SIE SCHLIEFEN AUF DEM NACKTEN FUSSBODEN.
AM NÄCHSTEN MORGEN SAGTE DAS KLEINERE...
"WIR SIND NUN SCHON GANZ SCHRECKLICH LANGE UNTERWEGS UND BESTIMMT SCHON WEIT, WEIT WEG VON ZU HAUSE... SOLLTEN WIR NICHT LIEBER UMKEHREN?"

"ACH, LASS UNS NOCH EIN KLEINES BISSCHEN WEITERGEHEN", SAGTE DAS ÄLTERE.

"ICH BIN ABER MÜDE, UND ICH FÜHLE MICH NICHT SO GUT...!" BEHARRTE DAS KLEINE. SCHLIESSLICH ZOGEN SIE DENNOCH WEITER, DOCH ETWAS LANGSAMER ALS ZUVOR...

DANN STOLPERTE DER KLEINERE JUNGE UND FIEL HIN...

ER BLUTETE EIN WENIG, DAHER WOLLTE ER SICH DEN FUSS IN EINEM BACH WASCHEN. ER GLITT ABER AUS UND WURDE GANZ NASS...

ALLES SCHIEN SCHIEFZUGEHEN.

„… ICH HABE KOPFWEH, ICH WILL NICHT MEHR!" SAGTE ER.

SIE MACHTEN ALSO HALT, UND DORT, GANZ IN IHRER NÄHE, SAHEN SIE UNTER EINEM BAUM EINEN MANN SITZEN.
ER HATTE DIE AUGEN GESCHLOSSEN…
ABER SIE MERKTEN, DASS ER NICHT SCHLIEF…

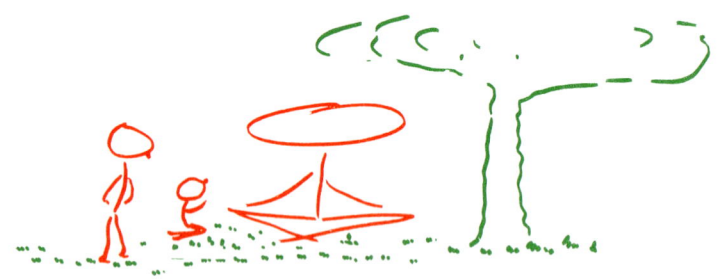

ALSO SAGTEN SIE SEHR LEISE… „GUTEN MORGEN, LIEBER HERR", UND ER ÖFFNETE DIE AUGEN.

„WAS MACHEN SIE DENN?" FRAGTE EINES DER KINDER.
„ICH WAR AUF DER REISE!"
„DAS SIND WIR AUCH, AUF DER REISE, ABER IHRE ART ZU REISEN SCHEINT VIEL BEQUEMER ZU SEIN ALS UNSERE. ICH WOLLT', ICH KÖNNTE MIT IHNEN REISEN", SAGTE DAS KLEINE.
„NICHTS LEICHTER ALS DAS!" ANTWORTETE ER.

„WANN REISEN WIR AB?"

„JETZT GLEICH!"

„UND WIE?"

„SCHLIESST NUR DIE AUGEN UND KOMMT MIT!"

DER KLEINE JUNGE SCHLIEF SOFORT EIN, ABER DER GRÖSSERE MERKTE, WIE ER IN EIN WUNDERLAND REISTE, SO HERRLICH SCHÖN, WIE ER ES SICH NIE HÄTTE TRÄUMEN LASSEN.

ALLES WAR DA IN STÄNDIGER HARMONISCHER BEWEGUNG... ALS BEWEGTE ES SICH NACH DEN KLÄNGEN EINES GROSSEN ORCHESTERS

JEDER TAT,
WAS SEINE AUFGABE WAR...

DIE EINEN FUHREN
NAHRUNGSMITTEL HIN UND HER...

ANDERE BESCHÄFTIGTEN SICH MIT REINIGUNGS-
ARBEITEN...

...BESEITIGTEN
FRÖHLICH UND UNERMÜDLICH ABFÄLLE
ALLER ART... ARBEITETEN ALLE
HAND IN HAND, BEWEGTEN SICH IM
EINKLANG, WIE TÄNZER IN EINEM
GROSSEN BALLETT...

UND DA WAREN AUCH
SOLDATEN... DIE
NAHMEN JEDEN
FEST, DER SCHADEN
ANZURICHTEN
VERSUCHTE.

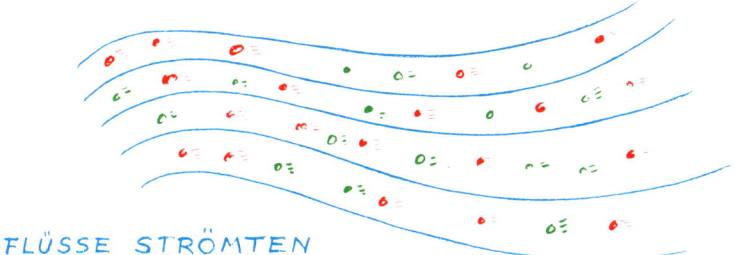

FLÜSSE STRÖMTEN
DAHIN UND TRUGEN
ALLES NÖTIGE HIN UND HER...

TAUSENDE ... MILLIONEN ...
MINIWINZIGER BOTEN
STÜRMTEN BLITZSCHNELL
UMHER ... TRUGEN MILLIONEN
LEBENSWICHTIGER NACH-
RICHTEN AUS ... UND
WUSSTEN IMMER GENAU,
WO DER RICHTIGE EMPFÄNGER
WAR...

ES GAB EINE RIESIGE BIBLIO-
THEK, WO EINE UNGLAUB-
LICHE SAMMLUNG AN
BÜCHERN UND FOTOS
AUFBEWAHRT WAR, UND
ALLES WAR UN-
GLAUBLICH GREIFBAR.

UND EIN RIESIGES GEBLÄSE SORGTE DAFÜR, DASS DIE LUFT IMMER FRISCH UND SAUBER WAR.

EIN PERFEKT AUSGEKLÜGELTES PUMPENSYSTEM REGULIERTE DEN STAND ALLER FLÜSSE UND KANÄLE.

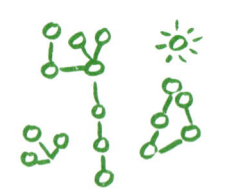

ÜBERALL, WO MAN STROM BRAUCHTE, WAR AUCH WELCHER DA... UND DIE GESELLSCHAFT VERFÜGTE ÜBER CHEMISCHE UND MEDIZINISCHE ERZEUGNISSE ALLER ART...

ES GAB EINE WEISE UND REDLICHE REGIERUNG, DIE ALLES LENKTE

DAS WAR LEICHT, WEIL UNTEREINANDER VERTRAUEN HERRSCHTE.

... UND ÜBER ALLEM...
ALLÜBERALL LAG

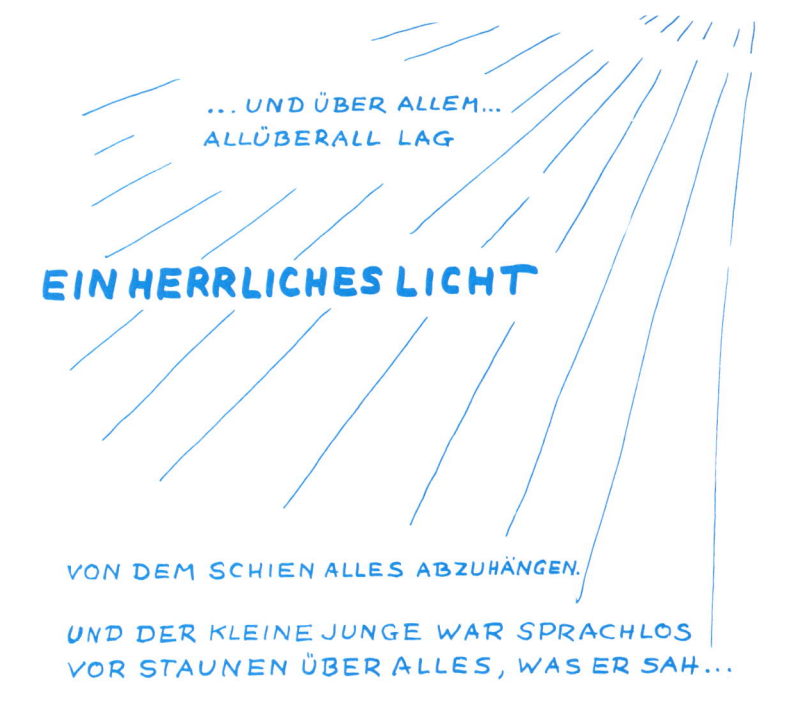

EIN HERRLICHES LICHT

VON DEM SCHIEN ALLES ABZUHÄNGEN.

UND DER KLEINE JUNGE WAR SPRACHLOS VOR STAUNEN ÜBER ALLES, WAS ER SAH...

ER REISTE ... UND REISTE ... UND REISTE, DENN DIE ZEIT SCHIEN STEHENGEBLIEBEN ZU SEIN, UND SO HATTE ER ZEIT, ÜBERALLHIN ZU GEHEN UND SICH ALLES ANZUSEHEN.

UND ER BEMERKTE, DASS ES IN DIESEM LAND NOCH MEHR EINWOHNER GAB ALS AUF DER ERDE ...
VIEL MEHR.

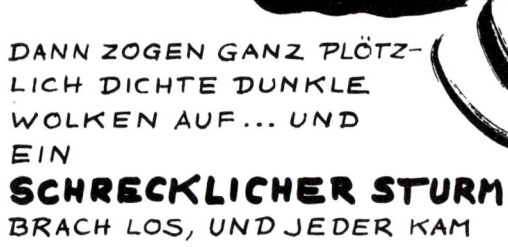

DANN ZOGEN GANZ PLÖTZLICH DICHTE DUNKLE WOLKEN AUF... UND EIN

SCHRECKLICHER STURM

BRACH LOS, UND JEDER KAM VON SEINEM WEG AB,

UND ALLES RANNTE KOPFLOS HIN UND HER...

UND DIE REINIGUNGSLEUTE KONNTEN DAS LAND NICHT MEHR SAUBER HALTEN.

UND DIE SOLDATEN KONNTEN DIE FEINDE NICHT MEHR UNTER KONTROLLE HALTEN,

UND DIESE VERMEHRTEN SICH UND VERMEHRTEN SICH UND RANNTEN ALLERORTEN UMHER.

UND DAS GROSSE PUMPEN-
SYSTEM BRACH ZU-
SAMMEN... EINE PUMPE
LIEF ZU SCHNELL...
EINE ANDERE ZU
LANGSAM...

UND ALLE LICHTER
WURDEN MATT...

UND ÜBERALL HERRSCHTE
UNORDNUNG.
UND DAS KIND ÖFFNETE DIE AUGEN... UND
MIT EINEMMAL LIESS ES DAS LAND HINTER
SICH... UND DORT WAR WIEDER DER MANN...
SASS RUHIG DA.

„ABER WO WAR ICH...
OH, WO <u>WAR</u> ICH BLOSS...?"

„DU WARST IN DEINEM KÖRPER...!"

„ABER WER WAREN ALLE DIE LEUTE?"

„<u>DAS WAREN DIE HUNDERT
MILLIONEN MINIWINZIGER
INTELLIGENTER ZELLEN,
AUS DENEN DU BESTEHST...</u>"

„ABER WAS IST PASSIERT... WAS WAR DAS FÜR EIN <u>UNWETTER</u>? WARUM <u>BRACH</u> ALLES <u>ZUSAMMEN</u>?"

„EIN WOLKENKNÄUEL BELAS-
TENDER GEDANKEN DRÄNGTE
SICH DEINEM GEISTE AUF UND
SETZTE IN DEINEM KÖRPER
ZERSTÖRERISCHE KRÄFTE
FREI, DIE SICH VERMEHRTEN
UND ALLES ÜBERSCHWEMMTEN...",
SAGTE DER MANN.

„JA... GENAUSO WAR ES...!
ABER WAS KANN ICH
DAGEGEN TUN?"

„DEIN VERSTAND IST DER DIRIGENT DEINES DEINES KÖRPERS ... MIT IHM LENKST UND BEHERRSCHT DU ALLE SEINE TEILE.

KEHRE UM UND BRINGE WIEDER ORDNUNG IN IN DEIN HAUS ...
SORGE DAFÜR, DASS WIEDER FRIEDEN EINKEHRT IN DEIN VOLK ... UND FRÖHLICHKEIT."

ALSO SCHLOSS DAS KIND WIEDERUM DIE AUGEN ... UND BEFAND SICH AUFS NEUE IN DEM HERRLICHEN LAND ...

UND ES STIEG AUF DAS PODIUM UND KLOPFTE MIT SEINEM KLEINEN TAKTSTOCK LEICHT AN DAS PULT ...

UND EIN JEDER MERKTE AUF!

ES SAGTE:
„ICH BIN EUER ANFÜHRER...

WIR SIND DA, UM KREATIV IN FRIEDEN UND HARMONIE ZUSAMMENZULEBEN... SO DASS DIE GROSSE SYMPHONIE DES LEBENS SICH DURCH UNS ENTFALTEN KANN.

WIR WOLLEN UNS ALLE VEREINIGEN FOLGT MIR...!"

UND SIE FOLGTEN IHM!

... UND DIE WOLKEN ZOGEN FORT... UND DAS LAND WURDE WIEDER REIN UND GESUND... UND DIE MILLIONEN FEINDE VER- SCHWANDEN... UND ÜBERALL STRAHLTE WIEDER HELL DAS LICHT.

DA ÖFFNETE DER KLEINE JUNGE WIEDER DIE AUGEN... UND STRAHLTE VOR FREUDE.

UND DER MANN SAGTE: „DAS WICHTIGSTE IST, DASS DU AUF DEINEN KÖRPER GUT ACHTGIBST. UM DAS MEER DES LEBENS ZU DURCHQUEREN, MUSST DU DEIN BOOT GUT IN SCHUSS HALTEN, DENN SONST KANNST DU DAS ANDERE UFER NICHT ERREICHEN.

DAS BOOT IST DEIN KÖRPER. WENN DAS BOOT NICHT IN GUTEM ZUSTAND IST... KANNST DU DICH NOCH SO SEHR ANSTRENGEN, ES WIRD DIR NICHTS NÜTZEN. VERSUCH LIEBER, ES WIEDER IN ORDNUNG ZU BRINGEN.
WENN EIN TEIL NICHT RICHTIG WILL, SEI IHM NICHT GRAM... UND SIEH IHN NICHT ALS FEIND AN, MACH DIR KLAR, DASS ER EIN FREUND IST, DER DEINER HILFE BEDARF UND PFLEGE UND ZUWENDUNG... GEWINNE DIR DEINEN KÖRPER ZUM FREUND... MISSHANDLE IHN NICHT UND MISSBRAUCHE IHN NIE, ER IST DER EINZIGE KÖRPER, DEN DU HAST!
SEI BESONDERS ACHTSAM, FALLS ER KRANK WIRD. VERGISS NIE, DASS ER EIN GROSSES SYMPHONIE-ORCHESTER MIT MILLIONEN MUSIKERN IST, DIE <u>ANDAUERND</u> SPIELEN. DIE MUSIK IST DAS <u>LEBEN</u>. WENN SIE AUFHÖRT, BIST DU **TOT**

NIMM DICH IN ACHT VOR LEUTEN,
DIE DAS NICHT VERSTEHEN
UND IHREN KÖRPER BEHANDELN,
ALS WÄRE ER NUR EIN
HAUFEN INSTRUMENTE,
DIE AUF DEM BODEN
HERUMLIEGEN...
DEIN KÖRPER IST KEINE MASCHINE!
ER IST EINE EMPFINDSAME VEREINIGUNG
VON STOFFEN UND ENERGIEN, IM <u>EINKLANG</u>
MIT SICH UND SEINER UMGEBUNG.
ACHTE DARAUF, WAS DU IHM ZUFÜHRST,
WOMIT DU IHN BEDECKST UND IHN UM-
GIBST — VERGISS DAS NIE!"

„WACH' AUF... WACH' AUF!"
RIEF DER GRÖSSERE
JUNGE DEM KLEINEREN
ZU, DER IMMER NOCH
SCHLIEF. „ICH MUSS
DIR ETWAS NEUES,
ETWAS GANZ TOLLES ERZÄHLEN, ABER DU
MUSST MIR GUT ZUHÖREN..." UND ALS ER
AUFSCHAUTE, SAH ER, DASS DER MANN
BEREITS WEITERZOG.
„DANKE, VIELEN, VIELEN DANK!" RIEF ER
IHM HINTERHER. DA DREHTE DER MANN
SICH UM UND WINKTE.
„WILLST DU NOCH WEITER
ODER SOLLEN WIR UMKEHREN?"
FRAGTE DER GROSSE.
„ES GEHT MIR SCHON WIEDER BESSER.
GEHEN WIR ALSO NOCH EIN STÜCK, ES IST
ALLES SO SPANNEND." ANTWORTETE DER KLEINE.

KAPITEL 󠀠

DIE MARIONETTE, DIE ENTKAM

SO GINGEN DIE KINDER WEITER, UND BALD BEGEGNETEN SIE EINER FREUNDLICHEN FRAU, DIE MIT DREI KLEINEN KINDERN EILIG VORANSCHRITT.

"WOHIN SO SCHNELL?" FRAGTEN SIE.

"ZUM MARIONETTENTHEATER," ANTWORTETE DIE FRAU. "KOMMT MIT..." SO EILTEN SIE GEMEINSAM WEITER.

BEI IHRER ANKUNFT IM DORF WAR DORT ALLES IN HELLER AUFREGUNG.
DER MARIONETTENSPIELER WAR SCHON MIT SEINEN PUPPEN DA.

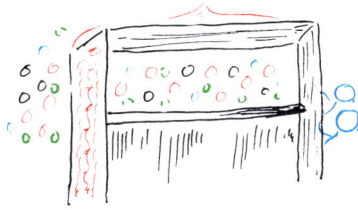

DIE KINDER SCHLICHEN HINTER DIE BÜHNE, UM ZU SEHEN, WAS SICH DA _EIGENTLICH_ ABSPIELTE.

DER MARIONETTENSPIELER WAR SO BESCHÄFTIGT,
DASS ER SIE NICHT BEMERKTE. SIE ABER
SAHEN SEINE GROSSE TRUHE, VOLL VON
MARIONETTEN, AN DENEN FÄDEN BAUMELTEN.
DIE MARIONETTEN LAGEN LEBLOS DA.
SIE WAREN SEINE SKLAVEN!

DA HOB SICH DER VORHANG, UND DIE
VORSTELLUNG BEGANN!

MAN KONNTE DEN PUPPENSPIELER
NICHT SEHEN, KONNTE SOGAR
DIE FÄDEN KAUM SEHEN,
ABER DIE BEIDEN KINDER WAREN
HINTER SEIN GEHEIMNIS GEKOMMEN.

SIE HATTEN GESEHEN, DASS EDGAR GEORG
OLSON ODER E.G.O., WIE ER SICH GEWÖHN-
LICH KURZ NANNTE, OBEN AN ALLEN
FÄDEN KLEINE SCHILDCHEN BEFESTIGT
HATTE, UM SIE NICHT ZU VERWECHSELN
UND DIE KONTROLLE ÜBER DIE PUPPEN
NICHT ZU VERLIEREN.

ZU EINEM DER ARME...
MIT EINER RIESIGEN
HAND AM ENDE
FÜHRTE EIN FADEN
MIT DER AUFSCHRIFT:
<u>GREIF ZU</u>, <u>RAFF ALLES
AN DICH</u>, <u>WAS DU IN DIE
FINGER BEKOMMEN
KANNST!</u>

... UND AM ANDEREN ARM
WAR EINE HAND MIT
EINER RIESIGEN
KEULE ... UND DER
FADEN TRUG DIE
AUFSCHRIFT:
<u>VERTEIDIGE ... VERTEIDIGE UM
JEDEN PREIS, WAS DU BESITZT!</u>

EIN ANDERER FADEN
TRUG DIE AUFSCHRIFT
<u>PRESTIGE</u>. DER
FÜHRTE ZU EINEM
BEIN, DAS VIEL
LÄNGER WAR ALS DAS
ANDERE, SO DASS
DIESE MARIONETTE
SICH BETRÄCHTLICH
ÜBER DIE ANDEREN
ERHEBEN KONNTE.

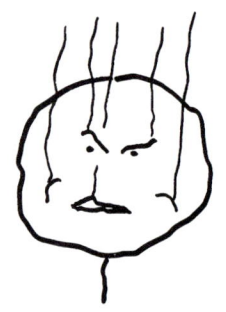

DANN GAB ES EINE REIHE VON FÄDEN, DIE ZUM GESICHT FÜHRTEN, UND DAMIT KONNTE MAN DIE MARIONETTE DAZU BRINGEN, DIE FÜRCHTERLICHSTEN GRIMASSEN ZU SCHNEIDEN.

AUF DEN SCHILDCHEN DAZU STAND:

EIFERSUCHT   ZORN   HOCHMUT
TÄUSCHUNG   SELBSTSUCHT   GEIZ

E.G.O. GAB EINE STAUNENSWERTE VORSTELLUNG, UND DIE MARIONETTE FÜHRTE GANZ AUSSERGEWÖHNLICHE DINGE VOR...
ALLES KLATSCHTE, ABER MIT EINEMMAL RIEF EINES DER BEIDEN KINDER, DIE VERSTANDEN HATTEN, WAS SICH <u>WIRKLICH</u> ABSPIELTE, LAUT:

„WARUM LÄSST DU ZU, DASS DER PUPPENSPIELER DERART MIT DIR UMSPRINGT?"

AUGENBLICKLICH ZOG E.G.O. SCHARF AN ZWEI FÄDEN, WORAUFHIN SICH DIE PUPPE <u>SELBST DIE OHREN ZUHIELT</u>, SO DASS SIE NICHTS MEHR HÖREN KONNTE!

DOCH ES WAR SCHON ZU SPÄT!

IN DEM BEMÜHEN, FREIZUKOMMEN, FING DIE MARIO-
NETTE AN, SICH RINGSUM ZU WINDEN... UND
EINE SCHLACHT WAR IM GANGE... ZWISCHEN
DER MARIONETTE, DIE

FREI

SEIN WOLLTE, UND E.G.O., DER SIE AN DEN
FÄDEN HIELT.
VOM MARIONETTENSPIELER WAREN ALLERHAND
GEBRÜLL UND GEZETER ZU HÖREN, ALS ER
DARUM KÄMPFTE, DIE HERRSCHAFT ZURÜCK-
ZUGEWINNEN.
ES WAR SCHRECKLICH AUFREGEND, DAS ALLES
MITANZUSEHEN...

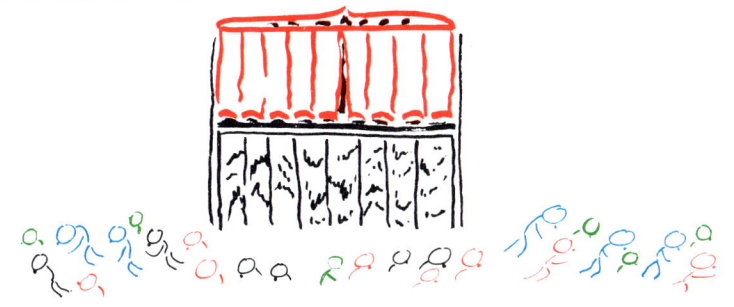

SCHLIESSLICH GAB DER MARIONETTENSPIELER
ABER AUF... UND LIESS VOLLER ZORN DEN VOR-
HANG HERAB... UND DIE LEUTE GINGEN NACH HAUSE.

DIE KINDER, DIE ABER ERAHNTEN,
WAS SICH DA WEITER ZUTRUG, FRAGTEN
DIE FRAU, DIE SIE MITGENOMMEN HATTE...

„WAS WIRD JETZT MIT DER MARIONETTE
GESCHEHEN?"

„SCHAUEN WIR DOCH IN MEINE KRISTALLKUGEL,
VIELLEICHT KÖNNEN WIR ES SEHEN!"
DA BEGRIFFEN DIE KINDER, DASS SIE
EINE WOHLWOLLENDE UND WEISE
ZIGEUNERIN WAR.

SIE HOLTE VORSICHTIG
DIE KUGEL AUS
IHREM KORB...
UND ALLE
SCHAUTEN HINEIN.

PLÖTZLICH ERHOB SICH EIN WIRBELN MILCHIGWEISSER WOLKEN IN DER KRISTALLENEN ZAUBERKUGEL ... DANN ZERSTREUTEN SIE SICH, UND <u>MITTEN IM INNERN</u> ... TAUCHTE DER MARIONETTENSPIELER AUF.

"SCHAUT NUR, ER IST <u>WÜTEND</u>...", RIEFEN DIE KINDER

"... ES FEHLEN ZWEI FÄDEN", HÖRTEN SIE IHN FLUCHEN...
"ICH <u>MUSS</u> UNBEDINGT EINEN AM GEIST UND EINEN AM <u>HERZEN</u> HABEN!"

ER BRACHTE ES ABER NICHT FERTIG ... AN HERZ UND GEIST GAB ES KEINE HAKEN... NICHTS, WORAN MAN DIE FÄDEN BEFESTIGEN KONNTE! UND JETZT TOBTE DER KAMPF ERST <u>RICHTIG</u>. DIE MARIONETTE, IN IHREM GEIST ENDLICH FREI, WOLLTE NICHT LÄNGER NUR MARIONETTE SEIN UND NACH E.G.O.'S WILLEN AN DEN ENDEN DER FÄDEN TANZEN.

SIE FAND IN DER TRUHE EINE SCHERE UND DURCHSCHNITT EINEN DER FÄDEN. ERST MAL NUR EINEN, WEIL SIE SICH NOCH EIN WENIG VOR E.G.O. FÜRCHTETE UND SEHEN WOLLTE, WAS GESCHEHEN WÜRDE ...

UND ES GESCHAH!

E.G.O. WURDE FÜRCHTERLICH ZORNIG ... ER LEGTE RASCH EINEN NEUEN FADEN AN UND BEFESTIGTE IHN GRÜNDLICH.

IN DER NACHT DARAUF DURCHSCHNITT DIE MARIONETTE WIEDER EINEN FADEN, MIT DEM GLEICHEN ERGEBNIS.
DAS GING SIEBEN NÄCHTE SO, DA ERKANNTE SIE, DASS SIE SO NICHTS ERREICHTE.
VERZAGT SAGTE SIE ZU SICH ...

„WAS KANN ICH TUN?"

UND IHR HERZ ANTWORTETE ...
„DAS MACHEN WIR GEMEINSAM."

„ABER WIE?" FRAGTE DIE MARIONETTE.
„REIBE SACHT ALLE FÄDEN AN MIR, UND NACH UND NACH WERDEN SIE SO DÜNN UND BRÜCHIG, DASS SIE EINES TAGES ALLE GLEICHZEITIG REISSEN UND DU FREI SEIN WIRST!"

SO FING SIE DAMIT AN,
NACH UND NACH...
ABER GANZ BESTÄNDIG.

EINES TAGES BESCHLOSS DANN DER PUPPENSPIELER,

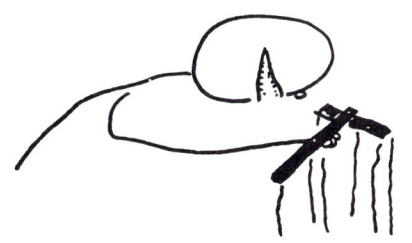

EINE PHANTASTISCHE VORSTELLUNG ZU GEBEN...
DIE MARIONETTE SOLLTE AUF IHREM HOHEN
BEIN STEHEN... IHRE ÜBERMACHT ÜBER ALLE
ANDEREN ZEIGEN...

ALLES NEHMEN, WAS SIE BEKOMMEN KONNTE... UND ALLES VERTEIDIGEN, WAS SIE BESASS!

DA PLÖTZLICH ZERRISSEN ALLE FÄDEN... UND DIE MARIONETTE WAR FREI!

UND E.G.O. STAND DA UND HIELT NUR NOCH EIN LÄCHERLICHES STÜCKCHEN HOLZ IN DER HAND, VON DEM LEERE FÄDEN BAUMELTEN!

DIE MARIONETTE WAR FREI

UND SIE LACHTE

UND SANG

UND TANZTE

UND ALLES STAUNTE, GANZ BESONDERS DIE ANDEREN MARIONETTEN ALLE...

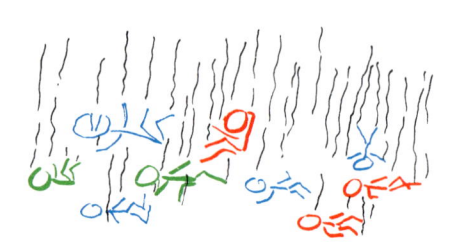

Als an jenem Abend die Marionette, die nun eigentlich keine Marionette mehr war, sang und tanzte ... hielt sie plötzlich inne ... und sagte zu sich ...

„Was ist das Grösste, das ich jetzt, da ich frei bin, tun kann?"

Und ihr Herz antwortete ...

„Die anderen Marionetten lehren, wie sie von ihrem E.G.O. freikommen können."

... Da begannen einige gleich zu arbeiten und arbeiten bis sie endlich frei waren...

Aber andere brachten es einfach nicht fertig ... Ihre Zeit war eben noch nicht gekommen.

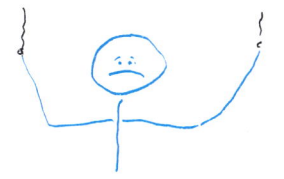

„Was sollen wir machen? Was sollen wir machen?" riefen sie laut.

„Wenn ihr von eurem E.G.O. nicht freikommen könnt, dann macht es zu eurem Freund, so dass es nach eurem Wunsch handelt und gebt die Vorstellung gemeinsam", sagte eine, die frei war...

"PASST ABER AUF, DASS ES EINE RICHTIG VORSTELLUNG WIRD... LEHRREICH UND UNTERHALTSAM.

SO DASS IHR AUCH ALS EINFACHE MARIONETTEN DEN MENSCHEN HELFT UND SIE BEGLÜCKT... UND SELBER GLÜCKLICH SEIN KÖNNT."

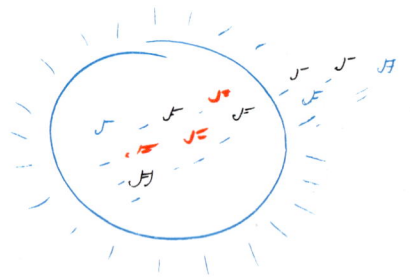

UND DAS MARIONETTENLAND ERFÜLLTE SICH MIT SO VIEL FREUDE UND LICHT UND MUSIK, DASS ES... FÜR IMMER ENTSCHWEBTE.
SIE DANKTEN DER DAME, DASS SIE SIE HERGEFÜHRT HATTE, UND SAGTEN, DASS SIE NUN, DA SIE NOCH KLEIN WÄREN UND ERST AM ANFANG STÄNDEN, SICH MIT IHREM E.G.O. ANFREUNDEN UND ES DAZU BRINGEN WOLLTEN, NUR POSITIVES ZU TUN.
DA LEGTE DIE DAME DIE KRISTALLKUGEL LÄCHELND WEG...
"DAS WIRD VIEL ZEIT BRAUCHEN, IST ABER <u>ZU MACHEN</u>, DIE MARIONETTEN MÜSSEN ES NUR STARK GENUG <u>WOLLEN!</u>"

KAPITEL 🍄🍄🍄 🍄🍄🍄 🍄
DER FURCHTSAME JONGLEUR

DIE KINDER GINGEN DEN NACHMITTAG LANG WEITER UND BIS IN DEN ABEND HINEIN... BEI EINBRUCH DER NACHT HATTEN SIE IMMER NOCH KEINE BLEIBE GEFUNDEN. DAS WAR DAS ERSTE MAL, DASS IHNEN DAS PASSIERTE.

SCHLIESSLICH WAR ES ZU FINSTER, UM WEITERZUGEHEN... ALSO LEGTEN SIE SICH UNTER EINEM BAUM NIEDER...

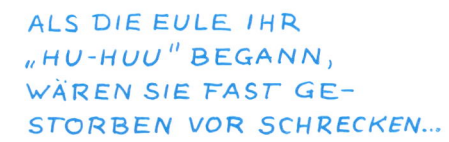

ALS DIE EULE IHR „HU-HUU" BEGANN, WÄREN SIE FAST GESTORBEN VOR SCHRECKEN...

UND DANN FINGEN SIE AN SICH ZU SORGEN, ES KÖNNTE IHNEN EINER DIE SCHUHE STEHLEN... ES WAR EINE NACHT VOLLER GRAUSEN!

Sie erwachten am nächsten Morgen bei Sonnenaufgang und sahen als Erstes einen Mann, der vorüberging...
"Habt ihr keine Angst gehabt... so die ganze Nacht im Freien?" fragte er.
"Doch, wir haben uns zu Tode gefürchtet!" antworteten beide.
"Möchtet ihr mehr über die **FURCHT** und die **ANGST** wissen, sie rauben uns doch <u>so viel</u> vom Glück?"
"Ja, gern!" antworteten sie.

"Dann kommt mit. Heute ist ein sehr guter Tag...
Im Dorf ist Jahrmarkt."
Also machten sie sich gemeinsam auf den Weg...

IM DORF HATTE SICH ALLES UM EINEN GESCHICKTEN JONGLEUR GESCHART...

ER LIESS HÜBSCHE TELLER AUF DEN SPITZEN DÜNNER STANGEN ROTIEREN... UND SOWIE ER EINEN IN SCHWUNG VERSETZT HATTE, STIESS ER DIE STANGE IN DIE ERDE UND STÜRMTE DAVON RINGS IM KREIS, UM DIE ANDEREN ALLE IN SCHWUNG ZU HALTEN.

ABER ES MACHTE IHM ÜBERHAUPT KEIN VERGNÜGEN... NICHT EIN BISSCHEN. ER FÜRCHTETE SICH ZU TODE, DASS EIN TELLER HINUNTERFALLEN UND ZERBRECHEN KÖNNTE... ER HING MIT GANZEM HERZEN AN IHNEN.

ER FÜRCHTETE ÜBERDIES, DASS ER
SICH SEINE NACKTEN FÜSSE AN ALL
DEN SCHARFEN STEINEN AUF DEM
BODEN VERLETZEN KÖNNTE.

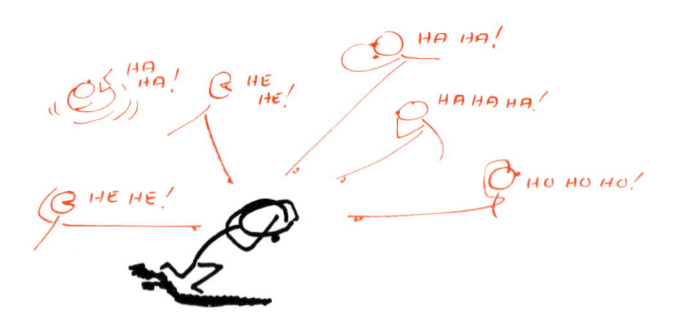

UND ES QUÄLTE IHN DER GEDANKE,
DASS IHN ALLE AUSLACHEN KÖNNTEN,
WENN IHM EIN FEHLER UNTERLIEFE.

„SEHT…", SAGTE DER MANN, „ER HAT IN SICH BEIDE WURZELN DER FURCHT! DIE FURCHT, ETWAS, DAS IHM AM HERZEN LIEGT, ZU VERLIEREN, UND DIE FURCHT, ETWAS, DAS ER NICHT WÜNSCHT, ZU BEKOMMEN!"

„ER SITZT GANZ SCHÖN IN DER PATSCHE, NICHT WAHR!" SAGTE EINES DER KINDER.
DANN KAM DER <u>CLOWN</u> DAHER.
AUCH ER FÜHRTE EINE TELLERNUMMER VOR, AB ES MACHTE IHM RIESIG SPASS… UND ALLEN ANDEREN MIT IHM…!

„WIESO UNTERHÄLT SICH DER CLOWN SO GUT, UND WARUM HATTE DER JONGLEUR SO GROSSE ANGST, WENN SIE DOCH BEIDE DAS GLEICHE TUN?" FRAGTEN DIE KINDER.

„WEIL DER CLOWN WEISS, DASS NICHTS VON DAUER IST... DASS IM LAUFE DER ZEIT ALLE TELLER ZERBRECHEN WERDEN; SO HAT ER SEIN VERGNÜGEN AN IHNEN, ABER SEIN HERZ HÄNGT NICHT DARAN!

ER WEISS AUCH, DASS <u>DIE ZEIT</u> DIE WUNDEN AN SEINEN FÜSSEN HEILEN WIRD.

ER HAT GELERNT, DASS ES ZEITEN GIBT, IN DENEN DER WEG GLATT, UND ANDERE, IN DENEN ER RAUH IST!

UND VOR ALLEM... ER NIMMT SICH SELBST NICHT ALLZU ERNST!"

„ICH VERSTEHE DAS VON DEN ZWEI QUELLEN DER FURCHT... ZU VERLIEREN, WAS MAN BEHALTEN MÖCHTE... UND ETWAS ZU BEKOMMEN, DAS MAN NICHT WILL..." SAGTE EINES DER KINDER.

„ABER WAS KANN MAN DAGEGEN TUN?"

„ES GIBT DREI GRUNDLEGENDE MITTEL GEGEN DIE ANGST, UND WIR KÖNNEN, NACH LAGE DER DINGE, EINES ALLEIN ODER ALLE DREI GLEICHZEITIG VERWENDEN... WIR MÜSSEN ABER WISSEN, WELCHES WIR VERWENDEN... UND WANN... SONST REGEN WIR UNS SINNLOS AUF UND LAUFEN IM KREIS HERUM WIE EIN KOPFLOSES HUHN!"

„OHNE VERSTAND", RIEFEN DIE KINDER.

1. DAS ERSTE IST, TÜCHTIG UND MUTIG ZU WERDEN UND SICH ÜBER SEINE EIGENE STÄRKE KLAR ZU WERDEN...

ZUERST MÜSSEN WIR AUF UNS SELBST ZURÜCKGREIFEN.

2. DAS ZWEITE IST, ZU ERKENNEN, WENN IN EINER SITUATION EINFACH MEHR AN WISSEN, GESCHICK, WEISHEIT ODER KRAFT NÖTIG IST, ALS WIR SELBST ZU DER ZEIT AUFBRINGEN KÖNNEN..."

„WIE ZUM BEISPIEL?"
„DASS MAN DIE FEUERWEHR RUFEN MUSS, WENN DAS HAUS BRENNT

ODER EINEN GUTEN ARZT, WENN WIR KRANK SIND..."

„ABER WENN WIR DIE SITUATION SELBST NICHT MEISTERN KÖNNEN UND NICHT WISSEN, WER ES SONST KANN... WAS DANN...?" FRAGTE EINES DER KINDER, RATLOS.

„WIE ETWA, WENN WIR FÜHLEN, DASS WIR AM STERBEN SIND...?"

DAS IST NUMMER **3**.

„VIELE HABEN GELERNT, SICH AN DIE MACHT ZU WENDEN, DIE <u>DAS UNIVERSUM AUFGEBAUT</u> HAT..."

„OH!!"...SAGTEN DIE KINDER „KANN MAN SIE ANRUFEN, AM TELEFON?"

„VIELLEICHT, MANCHEN SCHEINT ES MÖGLICH ZU SEIN..."

„WENN WIR ABER", SAGTE DER MANN... „ZUVIEL VERLANGEN UND VOR ZU VIELEN DINGEN ANGST HABEN, DANN WERDEN WIR AUCH MIT HILFE VON DIESEN DREIEN... UNS SELBST, DEN ANDEREN... UND VIELLEICHT SOGAR EINER HÖHEREN MACHT KAUM AUS DER PATSCHE KOMMEN KÖNNEN.

STELLT EUCH JEMAND VOR, DER:
- ✓ ALLES HABEN WILL, WAS ER IN DIE HÄNDE BEKOMMEN KANN,
- ✓ STÄNDIG ANGST DAVOR HAT, DASS IHM ETWAS ZUSTOSSEN KÖNNTE,
- ✓ ANGST HAT, AUSGELACHT ZU WERDEN,
- ✓ SEINER SELBST NICHT SICHER IST,
- ✓ NICHT DIE ANDEREN UM HILFE BITTEN KANN,
- ✓ UND NICHT AN EIN JENSEITS GLAUBT,

DER IST WIRKLICH SCHLIMM DRAN!

STELLT EUCH DAGEGEN EINEN VOR, DER:
- – SICH MIT WENIG ZUFRIEDEN GIBT,
- – MIT ALLEM FERTIG WIRD, WAS IHM WIDERFÄHRT,
- – SICH SELBST NICHT ALLZU ERNST NIMMT,
- – SICH SEINER EIGENEN FÄHIGKEITEN DEUTLICH BEWUSST IST,
- – ANDERE LIEBENSWÜRDIG UM HILFE BITTEN KANN,
- – UND AN SICH SELBST ERFAHREN HAT, DASS DAS UNIVERSUM IHM KRAFT SCHENKT,

DEM GEHT ES IMMER PRIMA!

IM WESENTLICHEN MÜSSEN WIR ALSO FOLGENDES DARAUS LERNEN...

UNS MIT WENIGER ZUFRIEDEN ZU GEBEN UND UNSER HERZ WENIGER AN DINGE ZU HÄNGEN, DIE UNS BEGEHRENSWERT ERSCHEINEN...

UNS MEHR TOLERANZ GEGENÜBER UNANGENEHMEN SITUATIONEN ANZUEIGNEN UND IMMER DAS BESTE AUS JEDER LAGE ZU MACHEN."

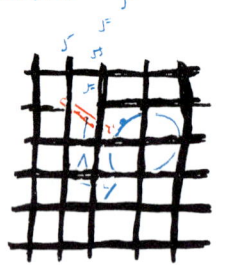

„ICH WEISS JETZT EINE MENGE ÜBER FURCHT...", SAGTE DER KLEINE, „ABER IMMER, WENN ICH MEINE KUGELN IN DIE SCHULE MITNEHME, HABE ICH GROSSE ANGST, MAN KÖNNTE SIE MIR STEHLEN!"

„WAS KANNST DU ALSO DAGEGEN TUN?" FRAGTE DER MANN.
„SIE NIE AUS DEN AUGEN LASSEN!"

„JA, UND WENN DU MEINST, DASS DAS NICHT GENÜGT?"

„DANN KANN ICH DEN LEHRER BITTEN, FÜR MICH DARAUF AUFZUPASSEN!"

„JA... UND WENN DAS NICHT GENÜGT?"

„WEISS NICHT!"

„NUN..." SAGTE DER MANN FREUNDLICH... „DU KANNST DIE STERNE IM HIMMEL ANSCHAUEN ODER EINEN KLEINEN VOGEL, DER VOM ZWEIG GEFALLEN IST UND DEINE HILFE BRAUCHT,

UND WAHRSCHEINLICH WERDEN DEINE KUGELN DANN VON SELBST DEN IHNEN GEBÜHRENDEN PLATZ IM RAHMEN DER ÜBRIGEN DINGE EINNEHMEN..."

„DAS SIND DOCH NUR KUGELN..." SAGTE DER GRÖSSERE... „ABER WAS IST MIT DEN GROSSEN ANGELEGENHEITEN, DIE DEN MENSCHEN SORGE MACHEN?"

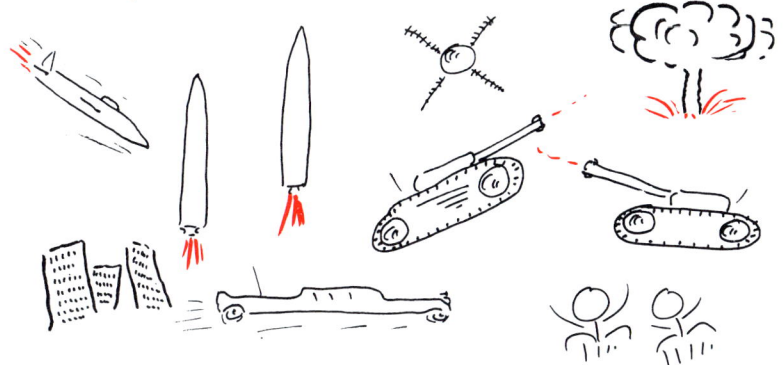

„IRGEND JEMAND HAT MAL GESAGT: DER WICHTIGSTE UNTERSCHIED ZWISCHEN MÄNNERN UND KNABEN LIEGT IM PREIS IHRER SPIELSACHEN..."

„UM EUER GLÜCK UND DAS ANDERER ZU BEWAHREN..." SAGTE DER MANN RUHIG...

„SOLLTET IHR IMMER **ZWEIERLEI DINGE** IM AUGE BEHALTEN, DIE NUR ZERSTÖRERISCH SIND UND NICHTS UND NIEMANDEM HELFEN, DIE BEDINGUNGEN ZU BESSERN, AUS DENEN SIE HERRÜHREN."

„UND DAS SIND...?" FRAGTEN DIE KINDER.

„ DIE SORGE UND DER ZORN

WERFT SIE ALSO HINAUS!"

ANTWORTETE ER.

DANN SAGTE DER MANN, DASS ER NUN WIRKLICH WEITER MÜSSE... DA BEDANKTEN SIE SICH BEI IHM... ES TAT IHNEN LEID, IHN SCHEIDEN ZU SEHEN.

KAPITEL
DER MANN IM SPIEGEL

DIE KINDER WANDERTEN EINE GANZE WEILE UND GELANGTEN PLÖTZLICH ZU EINEM OBSTGARTEN, WO EINIGE LEUTE EIFRIG MIT DER APFELERNTE BESCHÄFTIGT WAREN.
"O WIE LUSTIG, LASS UNS EIN WENIG ZUSCHAUEN!" SAGTE EINES... "JA... VIELLEICHT BEKOMMEN WIR AUCH EIN PAAR ÄPFEL GESCHENKT!" SAGTE DAS ANDERE.

ALS SIE NÄHER KAMEN, SAHEN SIE ETWAS SEHR MERKWÜRDIGES...
ÜBERALL IN DEM OBSTGARTEN STANDEN LEITERN AN DIE BÄUME GELEHNT, UND HOCHOBEN STANDEN LEUTE UND PFLÜCKTEN DIE HERRLICHSTEN ROTEN ÄPFEL.
IN EINER ECKE DES OBSTGARTENS ABER SASS EIN MANN AUF DEM BODEN NEBEN EINER LEITER UND MACHTE ETWAS HÖCHST SONDERBARES. ER SASS DA UND BETRACHTETE SICH IN EINEM GROSSEN SPIEGEL, DER GEGEN EINEN APFELBAUM GELEHNT WAR. UND ER SAGTE... ZU SEINEM SPIEGELBILD ALLERLEI TRAURIGES UND JAMMERVOLLES...

UND SCHNITT <u>SICH SELBST</u> ALLERLEI TRAURIGE GRIMASSEN.

„WAS IN ALLER WELT TREIBT ER DA NUR...?" FRAGTEN SICH DIE KINDER.

IN DIESEM MOMENT KAM EINE RECHT MOLLIGE UND SEHR VERGNÜGTE FRAU MIT ZWEI GROSSEN KÖRBEN VOLLER ÄPFEL DAHER.

„VERWUNDERT?" FRAGTE SIE.
„JA UND WIE!" SAGTEN DIE KINDER.
„KOMMT, ICH ERKLÄRE ES EUCH", SAGTE SIE, UND ALLE GINGEN EIN STÜCK WEITER UND NAHMEN AUF UMGEDREHTEN FÄSSERN PLATZ.

„DAS MACHT ER OFT, WENN WIR ÄPFEL PFLÜCKEN GEHEN, UND ICH WERDE EUCH SAGEN, WARUM..." SAGTE SIE...

„ER KOMMT MIT SEINEM GROSSEN SPIEGEL AUF DEM RÜCKEN DAHER, UND WÄHREND ALLE ANDEREN AUF DIE BÄUME STEIGEN UND ÄPFEL PFLÜCKEN...

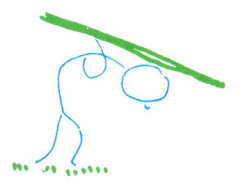

NIMMT ER UNTEN AM FUSSE SEINER LEITER PLATZ UND BEDAUERT SICH UND SCHAUT IN DEN SPIEGEL, DAMIT ER AUCH SEHEN KANN, WEN ER BEDAUERT!

UND DER IM SPIEGEL SCHAUT TRAURIG ZURÜCK, UND SIE SITZEN NUR DA UND BEDAUERN EINANDER!"

„ABER WARUM STEIGT ER NICHT EINFACH AUF DIE LEITER UND PFLÜCKT AUCH ÄPFEL?" FRAGTE EINES... „ANSTATT EINFACH NUR SO DAZUSITZEN?"

„JA, SEHT IHR, WENN ER ERST EINMAL DAMIT BEGINNT, NIMMT IHN DAS VOLL IN ANSPRUCH, DENN ES KOSTET JA GANZ SCHÖN VIEL ZEIT UND ENERGIE, NUR DAZUSITZEN UND DEN IM SPIEGEL ZU BEDAUERN..."

„ER BLEIBT ALSO DA UND KANN SICH NICHT VON DER STELLE RÜHREN?" MEINTE EINES DER KINDER ERSTAUNT.

„JA... WIE GELÄHMT VON SELBSTMITLEID!" SAGTE SIE.

„WER IST DAS, SELBSTMITLEID?"

„SELBSTMITLEID IST NICHT JEMAND, SONDERN ETWAS, ES IST DIE BESCHÄFTIGUNG, DIE ER ZWISCHEN SICH UND JENEM IM SPIEGEL IM GANGE HÄLT!"

„SO ETWAS SONDERBARES HABEN WIR NOCH NIE GESEHEN!"

„ABER SO SELTEN IST DAS GAR NICHT", SAGTE DIE FRAU, MAN BEGEGNET IM LAUFE DES LEBENS VIELEN LEUTEN, DIE DAS TUN...

... SOBALD SIE IRGENDWIE PROBLEME HABEN ... ODER SICH _EINBILDEN_, WELCHE ZU HABEN, DENN BEIDES IST MEHR ODER WENIGER DAS GLEICHE ...

DANN VERBRAUCHEN SIE IHRE GANZE ENERGIE DARAUF, _IN_ DIESER LAGE ZU VERHARREN ... STATT DAZU, SICH _AUS_ IHR ZU BEFREIEN ...

DAHER KOMMEN SIE NIE DA HERAUS!

SIE SIND GANZ EINFACH GEFANGENE ...

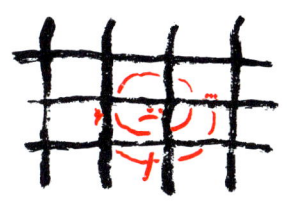

IHRER SELBST!"

„UNGLAUBLICH!" SAGTE EINES.

„MERKWÜRDIG..." SAGTE DAS ANDERE.

„WART MAL..." SAGTE DAS ERSTE, „VIELLEICHT HABE ICH DAS SOGAR AUCH SCHON MAL GEMACHT. ICH KANN MICH ERINNERN, EINMAL, ALS ICH KLEIN WAR, KONNTE ICH MIR IN DER SCHULE DIE SCHUHBÄNDER NICHT ZUBINDEN, UND DA BIN ICH IM KLASSENZIMMER GEBLIEBEN, WÄHREND DIE ANDEREN ALLE HINAUS SPIELEN GINGEN, UND HABE SCHRECKLICH GEWEINT!

JA, SO WAR DAS, ICH WAR SO SEHR DAMIT BESCHÄFTIGT, MICH ZU BEDAUERN, DASS ICH NICHT EINMAL MEHR

VERSUCHT

HABE, DIE SCHUHBÄNDER ZUZUBINDEN... UND DAS EINFACH SO, GANZ OHNE SPIEGEL!"

„STIMMT. JETZT, WO ICH DARÜBER NACHDENKE, FÄLLT MIR EIN, DAS IST MIR AUCH SCHON MAL PASSIERT. JA, ES PASSIERT MIR NOCH IMMER!"

„JEDEM VON UNS HIN UND WIEDER..." SEUFZTE DIE FRAU MIT EINEM NETTEN ZWINKERN.

„UND WENN ETWAS SCHIEFGEHT... UND WIR DIE SCHULD AUF ANDERE ABWÄLZEN, IST DAS NICHT AUCH EINE FORM VON SELBSTMITLEID...?" FRAGTE EINES.

„DAS EINE IST DEM ANDEREN SEHR VERWANDT... OFT GEHEN SIE HAND IN HAND... IHR HABT ES WIRKLICH GUT ERFASST!" SAGTE SIE... UND SCHLUG SICH AUF DIE SCHENKEL.

„ABER WAS KÖNNEN WIR <u>TUN</u>, UM IHM ZU HELFEN?" FRAGTEN SIE.

„TJA, ZUALLERERST MUSS ER SELBST DEN...

...<u>WUNSCH</u>

HABEN, NICHT MEHR UNGLÜCKLICH ZU SEIN. DENN WENN ER SICH IN SEINEM JAMMER GEFÄLLT, KANN MAN NICHTS MACHEN... ER BLEIBT DARIN VERHAFTET!" ANTWORTETE SIE.

„ALS NÄCHSTES... MUSS ER SICH KLARMACHEN, WAS ER DA EIGENTLICH TUT UND DASS ES NICHTS BRINGT... DENN SO KOMMT ER NIE AN DIE ÄPFEL.

UND ERST **DANN** KANN ER SICH AUF DIE BEINE STELLEN, DEM SPIEGEL LEBEWOHL SAGEN UND DIE LEITER HINAUFZUSTEIGEN BEGINNEN, UM DIE **ÄPFEL** ZU PFLÜCKEN...!"

„SCHNELL, WIR GEHEN UND MACHEN IHM DAS KLAR", SAGTEN DIE KINDER.

„DAS WIRD NICHTS NÜTZEN", SAGTE DIE FRAU.

„WIR HABEN ALLES VERSUCHT, ER WILL ES NICHT ANDERS!"

„ABER WIE KANN JEMAND **WÜNSCHEN**, UNGLÜCKLICH ZU SEIN?"

„DAS IST SEINE VERANLAGUNG, ER SIEHT NUR DIE **NEGATIVEN** DINGE, NICHT AUCH DIE **POSITIVEN** SEITEN DES LEBENS."

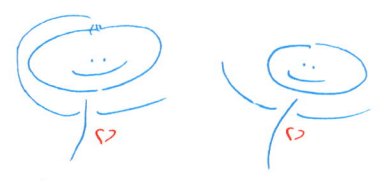

„VIELLEICHT KÖNNEN WIR IHM MIT FREUNDLICHKEIT HELFEN!"

„VIELLEICHT JA, VIELLEICHT NEIN, ABER SICHER IST ES EINEN VERSUCH WERT, DENN MANCHMAL BRAUCHT JEMAND NUR DAS, BESONDERS WENN ER SICH **EINSAM** FÜHLT.

MANCHMAL BEKOMMT ER AUCH SO SEHR HUNGER, DASS ER ES TROTZ KUMMER NICHT MEHR AUSHÄLT, UND DANN ERHEBT ER SICH UND STEIGT GANZ VON ALLEIN AUF DIE LEITER."

DIE KINDER GINGEN ALSO HINÜBER ZU IHM, SETZTEN SICH NEBEN IHN UND SAGTEN...

„**BITTE**, STEIGEN SIE MIT UNS AUF DIE LEITER. ES MACHT UNS GANZ TRAURIG, SIE SO UNGLÜCKLICH ZU SEHEN."

SIE MUSSTEN WOHL IN SEINEM HERZEN EINE SAITE BERÜHRT HABEN ... DENN ER SAGTE

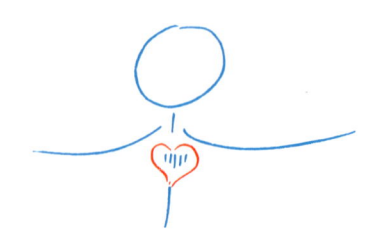

„NUN GUT – MIR IST ZWAR NICHT DANACH, ABER EUCH ZULIEBE WILL ICH ES TUN. ALSO LOS!"

UND SCHON KLETTERTEN SIE GEMEINSAM DIE LEITER HINAUF,

UND DA STÜRZTE DER SPIEGEL UM UND
ZERSPLITTERTE IN TAUSEND SCHERBEN!

UND ALLE WAREN SEHR FROH,

UND DIE FRAU GAB DEN KINDERN SO VIELE ÄPFEL, WIE SIE NUR ESSEN KONNTEN!

KAPITEL

DIE SIEBEN ZWERGE

Sie hatten herrlich in einem Bauernhaus geschlafen, und als sie sich wieder auf den Weg machten, sagte eines der Kinder zum anderen...

"Wie kommt es nur, dass bei uns alles so <u>gut</u> ausgeht?"

"Das ist seltsam, weil es so viele gibt, denen trotz grösster Mühe nichts glückt, während anderen, wie uns, alles wie von selbst gelingt."

In diesem Moment hörten sie eine Stimme...

"Wollt ihr das wirklich wissen?"

Da wären sie vor Schreck fast umgefallen...

Sie schauten sich um, sahen aber zuerst niemanden.

...BEI NÄHEREM HINSCHAUEN ENT-
DECKTEN SIE DANN ABER AUF EINER
WIESE EINE FRAU, DIE DA SASS UND
IHRE SCHAFE HÜTETE...

"JA NATÜRLICH WOLLEN WIR DAS WISSEN!"
"DANN SETZT EUCH ZU MIR, ICH WILL ES
EUCH ERKLÄREN.

ES WAREN EINMAL SIEBEN
ZWERGE, DIE LEBTEN
ZUSAMMEN IM WALD...

UND JEDEN TAG UM DIE MITTAGSZEIT
GINGEN SIE ZU EINER KLEINEN
LICHTUNG ... UM FEUER ZU MACHEN...

... UND DAS MITTAGESSEN ZU KOCHEN.
JEDER VON IHNEN NAHM EINE LUPE MIT...
DIE EINE GUTE FEE IHNEN BEI DER GEBURT
GESCHENKT HATTE.

UND TAG FÜR TAG VERSUCHTEN SIE EINER NACH
DEM ANDEREN DAS FEUER ZU ENTZÜNDEN,
INDEM SIE DIE SONNENSTRAHLEN DURCH
DIE LUPE BÜNDELTEN...
UND JEDES MAL ... KONNTEN SICH DIE ERSTEN
SECHS NOCH SO BEMÜHEN, SIE SCHAFFTEN ES
NICHT, UND JEDES MAL SCHAFFTE ES DER
SIEBENTE ... GANZ LEICHT... JEDES MAL ...!
   DABEI WAR ES DOCH DIESELBE SONNE,
   UND ALLE HATTEN GENAU DIE GLEICHEN
   LUPEN ZUM GESCHENK ERHALTEN."

„UND – WIE KAM DAS?" FRAGTEN DIE KINDER
NEUGIERIG.

„NUN... DER **ERSTE** KLEINE ZWERG <u>HIELT</u> SEINE
LUPE NICHT RICHTIG VOR DIE SONNE UND FING
DAHER NICHT IHRE GANZE KRAFT EIN.

DER **ZWEITE** KLEINE ZWERG FING DIE STRAHLEN RICHTIG AUF, ABER SEINE LUPE WAR NICHT <u>SAUBER UND KLAR</u>... DAHER KONNTEN DIE STRAHLEN NICHT RICHTIG DURCH.

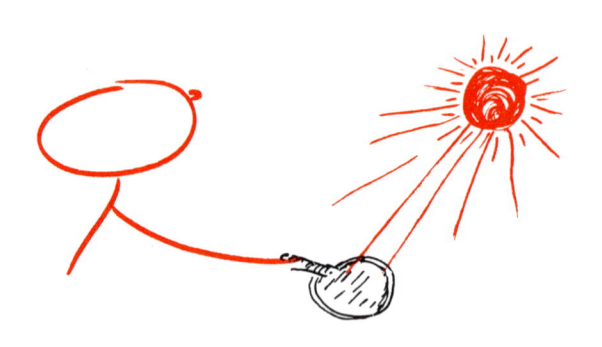

DER **DRITTE** KLEINE ZWERG FING DIE STRAHLEN RICHTIG AUF... HATTE SEINE LUPE SAUBER, VERSTAND ES ABER NICHT, DIE ENERGIE IM BRENNPUNKT ZU <u>KONZENTRIEREN</u>... SO ZERSTREUTE SIE SICH, UND ES GESCHAH NICHTS.

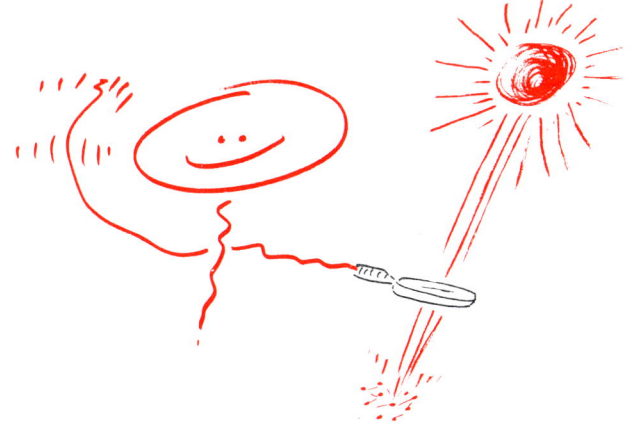

... DER **VIERTE** KLEINE ZWERG FING DIE SONNEN-
STRAHLEN GANZ RICHTIG AUF... HATTE EINE
GLÄNZEND REINE LUPE, KONZENTRIERTE DIE
STRAHLEN RICHTIG IN EINEM PUNKT... ABER
ER KONNTE EINFACH NICHT <u>STILLHALTEN</u>, UND
SEINE LUPE HÜPFTE UND TANZTE HIN UND
HER UND MIT IHR DER LICHTFLECK AUF DEM
HOLZ... UND NICHTS GESCHAH!

DER **FÜNFTE** KLEINE ZWERG FING ALLE STRAHLEN
AUF, KONZENTRIERTE SIE GUT IM BRENNPUNKT
DURCH EINE REINE LUPE, BLIEB RUHIG UND
BEWEGTE SICH NICHT... ABER WARTETE NICHT
LANGE GENUG, BIS DAS FEUER ZU BRENNEN
BEGANN... ER HATTE KEINE <u>AUSDAUER</u>...
UND SO GESCHAH NICHTS.

DER **SECHSTE** KLEINE ZWERG BÜNDELTE DIE SONNENSTRAHLEN IM BRENNPUNKT... HATTE SEINE LUPE SAUBER UND HIELT SIE AUCH STILL UND WARTETE ... UND WARTETE ... ABER NICHTS GESCHAH. DENN ER HATTE VERSÄUMT, DIE RICHTIGEN VORBEREITUNGEN ZU TREFFEN... ER VERSUCHTE, NASSES LAUB UND FRISCHES GRAS IN BRAND ZU SETZEN!

BEI DEM SIEBTEN KLEINEN ZWERG HINGEGEN WAR ES SO: ER KONZENTRIERTE DIE SONNENSTRAHLEN IM BRENNPUNKT DURCH EINE REINE, KLARE LUPE – HIELT STILL – HATTE AUSDAUER – UND ER HATTE SORGSAM TROCKENES LAUB, REISIG UND AUCH GRÖSSERE STÜCKE HOLZ FÜR DEN ZEITPUNKT VORBEREITET, ZU DEM SICH SEIN FEUER ENTZÜNDEN SOLLTE!

UND ES GELANG IHM...
JEDESMAL...
UNVERZÜGLICH...

UND JEDEN TAG HATTEN SIE ALLE IHR GUTES,
WARMES MITTAGSMAHL, ABER DIE ANDEREN SCHÄLTEN
DIE KARTOFFELN UND TATEN ALLE KOCHARBEIT...

ER HINGEGEN MACHTE IMMER NUR FEUER!
UND WOHIN SIE AUCH KAMEN,
ES WAR IMMER DASS DASSELBE!"

"ICH GLAUBE, DIE LUPE IST SO
ETWAS WIE UNSER GEIST!"
SAGTEN DIE KINDER, GANZ FASZINIERT.

"JA, RICHTIG", SAGTE DIE FRAU,
"UND JETZT SEHT IHR, WIE
WICHTIG ES IST, DASS ER
NIE BLIND UND TRÜB WIRD.

ER MUSS
- ✓ KLAR SEIN
- ✓ KONZENTRIERT
- ✓ BESONNEN
- ✓ UND AUSDAUERND

MAN MUSS ALLE NÖTIGEN
VORBEREITUNGEN TREFFEN,
UND VOR ALLEM MUSS DIE
ENERGIE FREI UND LEICHT
HINEIN- UND HINAUSSTRÖMEN
KÖNNEN."

„ABER WO KOMMT DIE ENERGIE HER?" FRAGTEN DIE KINDER.

„AUF DIESE FRAGE GIBT ES SEHR KLARE ANTWORTEN", SAGTE SIE. „WENN IHR DAS, WAS IHR GEHÖRT HABT, IN DIE TAT UMGESETZT HABT, UND DAS ZU TUN, WIRD AUSDAUER UND ENTSCHLUSSKRAFT ERFORDERN... WERDET IHR DIE ANTWORT FINDEN, DIE FÜR EUCH GILT."

„ABER WIE?"

„VIELLEICHT, INDEM IHR EINEN WEISEN FINDET, DER ES EUCH ERKLÄRT... ODER IHR FINDET SIE GANZ VON ALLEIN... VIELLEICHT NUR GANZ LANGSAM, SO NACH UND NACH, ABER VIELLEICHT GEHT EUCH AUCH BLITZARTIG EIN LICHT AUF, WENN IHR ES AM WENIGSTEN ERWARTET."

"KOMMT ES DAHER, DASS MANCHEN LEUTEN ALLES GLÜCKT UND ANDERE IMMER NUR SCHWIERIGKEITEN HABEN?" FRAGTEN DIE KINDER BEGIERIG.

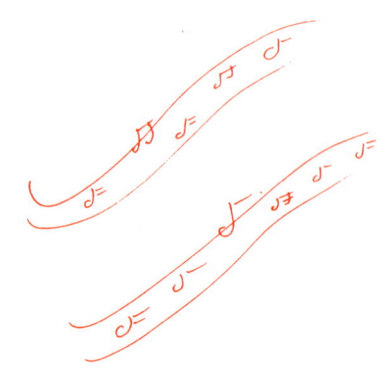

"DAS IST NICHT ALLEIN DER GRUND, ABER SICHER EIN SEHR WESENTLICHER. SEHT, AN ALLES IM LEBEN, SEI ES GROSS ODER GERING...
MÜSSEN WIR IN GEIST UND KÖRPER KONZENTRIERT UND DOCH AUCH ENTSPANNT HERANGEHEN,
DENN WENN KÖRPER UND GEIST SICH IM EINKLANG BEFINDEN, DANN GEHT ALLES LEICHT.

VERGESST ABER EINES NIE: EIN ZÜNDHOLZ VERBRAUCHT SICH IN DEM EINEN MOMENT, DA ES WÄRME ABGIBT... EINE LUPE HINGEGEN KANN DAS ALLEZEIT VOLLBRINGEN, OHNE JEMALS ZU ERMÜDEN!"

"DAS LEBEN IST WIRKLICH PHANTASTISCH!"

RIEFEN DIE KINDER.

SIE SAGTEN DER HIRTIN VOLL BEGEISTERUNG DANK, UND DIE GING ZURÜCK, IHRE SCHAFE HÜTEN.

KAPITEL ??? ??? ???
DIE SCHÄTZE IN DER TIEFE

DIE KINDER GELANGTEN AN EINEN BACH UND MACHTEN RAST, UM DIE MÜDEN FÜSSE DARIN ZU ERFRISCHEN. SIE DACHTEN ERST, SIE WÄREN ALLEIN, DOCH PLÖTZLICH BEMERKTEN SIE, DASS AUF DER ANDEREN SEITE EIN MANN RUHIG UNTER EINEM BAUM SASS. ER WIRKTE MERKWÜRDIG IN SICH GEKEHRT.

NACH EINER WEILE ENTDECKTEN SIE BEI GENAUEREM HINSCHAUEN EINEN LIEBLICHEN VOGEL IN EINEM KÄFIG AN SEINER SEITE.
DANN ÖFFNETE ER DAS TÜRCHEN... UND DER VOGEL FLOG HINAUS... FLOG DAVON, WEIT IN DEN HIMMEL HINEIN UND SANG EIN HERRLICHES LIED.

"WIR SEHEN WIRKLICH DIE MERKWÜRDIGSTEN DINGE, NICHT?" SAGTE EINES DER KINDER...
UND ALS SIE IHR MITTAGSMAHL BEENDET HATTEN, HÖRTEN SIE WIEDER DAS LIED DES VOGELS.

ER KAM AUS WEITER,
WEITER FERNE, HOCKTE SICH
AUF DEN RAND DES KÄFIGS...
UND SCHLÜPFTE HINEIN.
IN DIESEM MOMENT ÖFFNETE
DER MANN DIE AUGEN...
VERSCHLOSS DEN KÄFIG...

UND SCHICKTE SICH AN,
WEGZUGEHEN...

DA HÜPFTEN DIE KINDER ÜBER DIE STEINE ANS ANDERE UFER, LIEFEN AUF IHN ZU UND SAGTEN...

„ENTSCHULDIGEN SIE, LIEBER HERR, ABER DÜRFEN WIR SIE FRAGEN, WAS SIE DA GEMACHT HABEN?

WIR VERSTEHEN ES NICHT!"

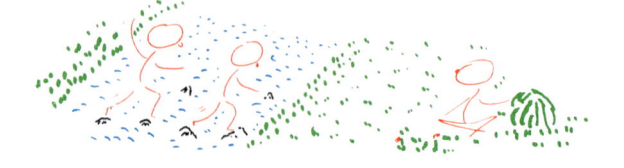

„ABER NATÜRLICH", SAGTE ER FREUNDLICH, „ICH HABE MEDITIERT."

„OH, DAVON HABE ICH SCHON GEHÖRT,
ES BEDEUTET, LANGE ZEIT STILL-
ZUSITZEN UND ANGESTRENGT
NACHZUDENKEN ... NICHT WAHR?"
FRAGTE EINES.

„NICHT DIREKT", ANTWORTETE ER
LÄCHELND.

„ES BEDEUTET, SEINEN KÖRPER
UND GEIST GANZ ZUR RUHE KOMMEN
ZU LASSEN ... UND
   ... **FREI** ZU WERDEN,
UM DIE WUNDERSAMEN DINGE IN UNS
UND UM UNS HERUM SEHEN ...
HÖREN ... UND WAHRNEHMEN
ZU KÖNNEN ...
UND UNS DAVON BEREICHERN ZU
          LASSEN.

DENN WENN DER SEE VOM WINDE AUFGEWÜHLT UND GETRÜBT IST... KÖNNT IHR NICHTS SEHEN... WENN IHR HINEINSCHAUT.

WENN ABER DAS WASSER STILL UND KLAR IST... UND IHR HINEINSCHAUT... KÖNNT IHR ALLES SEHEN, SELBST IN DEN TIEFSTEN TIEFEN!

"... UND HABT IHR ES EINMAL GESEHEN, IST NICHTS MEHR SO, WIE ES VORHER WAR, DENN DANN WISST IHR, WAS SICH DORT BEFINDET!"

"ABER WARUM HABEN SIE DEN VOGEL AUS DEM KÄFIG GELASSEN?" FRAGTEN DIE KINDER VERWUNDERT.

"ACH!" SAGTE ER, "DER VOGEL IST MEIN BESTER FREUND, ER IST WIE EIN TEIL VON MIR, UND WENN MEIN <u>GEIST</u> AUS DEM KÄFIG BEFREIT IST, WO ER DURCH ALL DIE DINGE, DIE MIR BEGEGNET SIND, FESTGEHALTEN WAR, SOLL AUCH ER FREI SEIN...

HINAUS KÖNNEN AUS SEINEM KÄFIG UND ÜBERALL HINFLIEGEN, GANZ WIE ER WILL...

... IN DIE HÖCHSTEN HÖHEN
... IN DIE KLARE, REINE LUFT
... DER SONNE ENTGEGEN

...

"... UND AUF DIESE KLEINE WELT HERUNTERSCHAUEN ... VON WEIT, WEIT OBEN... SIE SEHEN, WIE SIE WIRKLICH IST ... EINE HANDVOLL ERDE IM RAUM."

"ABER WARUM IST ER WIEDER IN DEN KÄFIG ZURÜCKGEKOMMEN?"

"NUR SEIN KÖRPER KOMMT ZURÜCK ... SEIN SINN BLEIBT FREI!

ER UND ICH UND AUCH IHR, WIR SIND ALLE MIT KÖRPERN AUSGESTATTET UND MÜSSEN DIESE SO GUT NUTZEN, WIE ES IRGEND GEHT..."

DIE KINDER KONNTEN SICH NUN NICHT LÄNGER ZÜGELN... SIE SPRANGEN VOR FREUDE IN DIE HÖHE UND RIEFEN LAUT...

"OH, WIE HERRLICH, KÖNNEN WIR AUCH MEDITIEREN?"

„WENN IHR EUER LEBEN
SO LENKT, DASS JEDE TAT,
JEDES WORT,
JEDER GEDANKE...
ZUM WOHLE ALLER BEITRÄGT...
UND NICHTS UND NIEMAND LEID ZUFÜGT...
DANN WIRD EUER **LEBEN** SELBST
EINE ART MEDITATION SEIN...

UND ES WIRD HEITER SEIN, AUCH WENN IHR NICHT
MEDITIERT...

DENN DAS LEBEN IST VOLL FREUDE
UND LICHT, WENN UNS BEWUSST IST,
DASS JENSEITS DER WIRRNIS
HIER ALLES **KLAR** IST.

ABER WENN IHR SCHULD AUF EUCH
LADET, WERDET IHR GEFANGENE
DES LEIDS, DAS IHR VERURSACHT.

SO KOMMT ES, DASS KLEINE KINDER UND MANCHMAL AUCH ALTE LEUTE HEITERER UND GELASSENER SIND...

DIE KINDER... WEIL SIE NOCH SCHULDLOS SIND,

UND DIE ALTEN, WEIL SIE ENDLICH WEISE GEWORDEN SIND.

ABER IM MITTLEREN TEIL DER LEBENSREISE – UND DAS IST DER LÄNGSTE – KOMMEN DIE MENSCHEN OFTMALS VOM RECHTEN WEG AB."

DER MANN NAHM DEN VOGELKÄFIG
UND SCHICKTE SICH MIT EINEM
FROHGEMUTEN LÄCHELN AN
WEGZUGEHEN...

SCHON IM WEGGEHEN
BEGRIFFEN, RIEF ER
DEN KINDERN ABER
NOCH ZU...

"VERGESST NICHT,
DAS ALLES AUCH
DEN ERWACHSENEN
KLARZULEGEN..."

UND DAMIT GING ER.

KAPITEL
DAS HÜHNCHEN UND DAS EI

„WAS FÜR EINE <u>WUNDERBARE</u> REISE, WIR HABEN SCHON SO VIELE UNFASSBARE DINGE GELERNT, DASS ES UNS KEIN MENSCH GLAUBEN WÜRDE!" RIEFEN DIE KINDER BEGEISTERT.

„RUHE!" VERNAHMEN SIE DA EINE STIMME...

SIE KAM VON EINEM ALTEN MANN, DER VOR EINEM SCHMUCKEN BAUERNHAUS SASS...
„SUCHT IHR EINEN PLATZ ZUM SCHLAFEN FÜR DIE NACHT?" FRAGTE ER.

„JA, GANZ RECHT, SO IST ES!" ANTWORTETEN DIE KINDER. „IST HIER ÜBERHAUPT JE ETWAS LOS?"

„JEDEN TAG", ANTWORTETE ER. „SETZT EUCH NUR HIN, ICH WILL EUCH ETWAS WICHTIGES ERZÄHLEN."

SO SETZTEN SIE SICH IM GRAS NIEDER... UND DER ALTE BEGANN, MIT GANZ RUHIGER STIMME ZU ERZÄHLEN, DOCH IN SEINEN AUGEN FUNKELTE ES!

„ES WAR EINMAL EIN KÜKEN...
DAS WAR NOCH GANZ KLEIN,

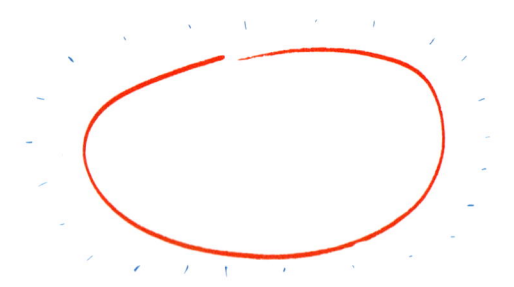

ES BEFAND SICH NOCH IM EI!

ES WAR EIN KÜKEN DES 20. JAHRHUNDERTS, MIT EINEM HÖCHST WISSENSCHAFTLICHEN WELTBILD... ES WOLLTE ALLES ÜBER ALLES WISSEN...

ES SCHAUTE SICH SELBST MIT GROSSEM INTERESSE BEIM WACHSEN ZU... ES BEOBACHTETE SICH, WIE ES ENTSTAND!

ES BEOBACHTETE, WIE SEINE FLÜGEL WUCHSEN, UND ES BEOBACHTETE, WIE SEINE BEINE WUCHSEN,

ES BEOBACHTETE, WIE SEIN KOPF WUCHS!!

WAS DIES KLEINE KÜKEN
VOR INTERESSE ABER
GANZ BESONDERS **VERZEHRTE**,

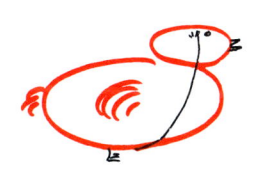

DAS WAR
DAS UNIVERSUM!

DIE **UNERMESSLICHKEIT** DESSEN
MACHTE ES SPRACHLOS VOR STAUNEN, UND ES
SELBST FÜLLTE BEINAHE ALLES AUS!

ES WAR SELBST **UNERMESSLICH**!!

ES NAHM DEN GANZEN RAUM BIS ZUM HORIZONT
EIN! BEI DEM BLOSSEN GEDANKEN DARAN
WURDE IHM GANZ SCHWINDELIG!

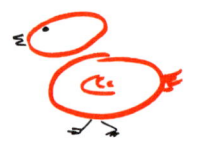

ES BLICKTE NACH LINKS,

UND BLICKTE NACH RECHTS,

NACH VORN

UND ZURÜCK

ES BLICKTE HINAUF...

UND ES BLICKTE ⇒

HINUNTER!

UND ALS ES <u>HINUNTERBLICKTE</u>, SAH ES ZU SEINEM ENTSETZEN, DASS <u>OBGLEICH</u> ES NOCH NICHT EINMAL FERTIG WAR, IHM SCHON DIE BEINE GANZ FALTIG WURDEN...

ES FING BEREITS AN ZU <u>ALTERN</u>!

„DAS IST SCHLIMM!"

DACHTE ES.

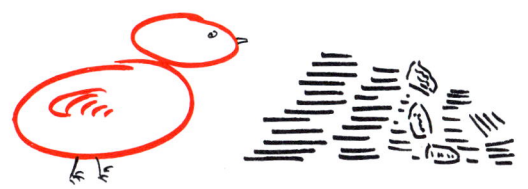

ES SETZTE SICH DAHER EIFRIGER DENN JE DAHINTER, DAS UNIVERSUM ZU STUDIEREN, ES HATTE NÄMLICH BESCHLOSSEN, SEIN LEBEN DER WISSENSCHAFT ZU WEIHEN!

Von all den aufregenden Phänomenen...
(wenn du in der Wissenschaft bist, ist ‚Phänomen' ein ganz normales Wort!) war das...

‚MUUH-PHÄNOMEN'

das ungeheuerste.

Denn es beobachtete...
(‚Beobachtung' ist ebenfalls ein in der Wissenschaft sehr gebräuchliches Wort!), dass dabei jedesmal das ganze **UNIVERSUM** zu erzittern begann

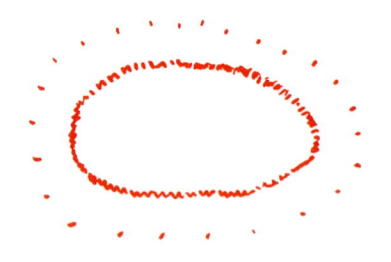

Und dass dabei eine Art ‚Muuh'-Ton zu hören war und das Licht im gesamten Universum kräftiger strahlte, die Temperatur hingegen absank.

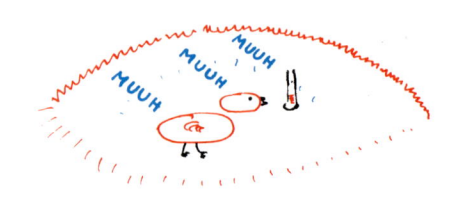

UND ES DACHTE TIEFGRÜNDIG NACH,
UM DAHINTER ZU KOMMEN, WAS

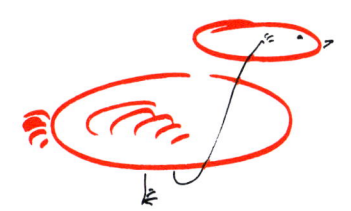

DIE URSACHE UND WAS DIE WIRKUNG WAR...

UND ES DACHTE
UND DACHTE
UND DACHTE

DENN ES WUSSTE, DASS ES, WENN ES GENUG NACHDACHTE UND AUCH GENUG SCHRIEB... NICHT NUR ZUM **DOKTOR DER NATURWISSENSCHAFT** PROMOVIEREN WÜRDE, SONDERN MIT EINIGER SICHERHEIT AUCH **DEN NOBELPREIS** ERHALTEN KÖNNTE.

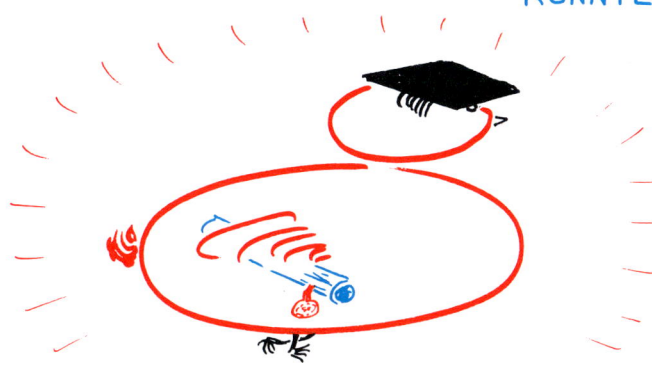

DENN DAS WAR JA KEINE KLEINE SACHE... DAS WAR...

GRUNDLAGENFORSCHUNG IN DER PHYSIK DES UNIVERSUMS...

DAS WAREN HEISSE SACHEN!

ALS ES DANN EINES TAGES TIEF IN GEDANKEN VERSUNKEN WAR...

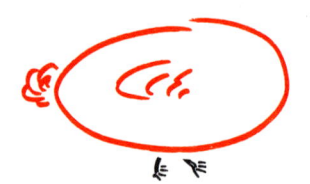

WURDE IHM PLÖTZLICH KLAR, DASS

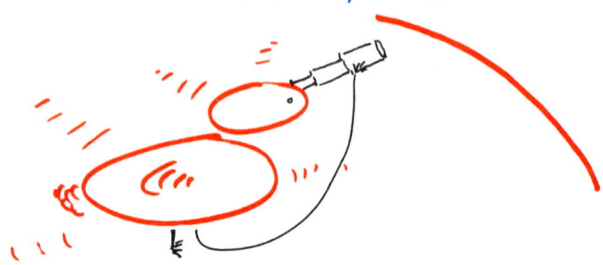

ES, GANZ IN SEIN NACHDENKEN VERTIEFT, DAS UNIVERSUM AUFGEZEHRT HATTE... UND DASS DIE NAHRUNG WEIT UND BREIT ZUR NEIGE GING, TATSÄCHLICH WAR KAUM NOCH NAHRUNG DA... VON SEINEN FÜSSEN BIS ZUM HORIZONT HIN... JA, BIS AN DEN RAND DES UNIVERSUMS!

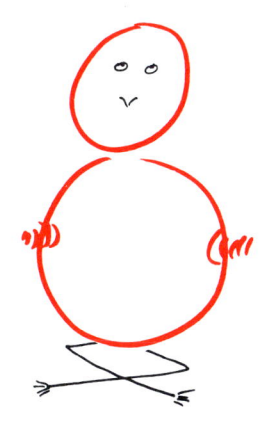

‚DA STEHE ICH NUN ... MITTEN IN MEINER DISSERTATION...

TODSICHER MIT AUSSICHT AUF DEN NOBELPREIS, UND JETZT WERDE ICH NICHT NUR SCHON ALT, OBWOHL ICH NOCH NICHT EINMAL FERTIG BIN ... JETZT GEHT MIR UND MEINER WELT AUCH NOCH DIE NAHRUNG AUS...

DAS IST EINE <u>KATASTROPHE</u>!

ICH WERDE STERBEN!
UND WAS SOLL DANN AUS MEINER FORSCHUNG WERDEN ... UND AUS DEM NOBELPREIS?'

> UND IN SEINEM TIEFSTEN INNEREN FÜHLTE ES, DASS SEINE ZEIT GEKOMMEN WAR... DASS IHM NUR NOCH <u>EINES</u> ÜBRIGBLIEB... ES MUSSTE **DAS UNIVERSUM ANGREIFEN!**

DAS BEHAGTE IHM GANZ UND GAR NICHT... NICHT EIN BISSCHEN!

DREI TAGE UND DREI NÄCHTE LANG KÄMPFTE ES MIT DIESEM FURCHTBAREN GEDANKEN.

ABER ES GAB KEINEN AUSWEG
SEINE ZEIT WAR GEKOMMEN
ALLES WAR AUS
DAS WAR DAS ENDE
DAS WAR DER <u>TOD</u>!

SO GING ES, ZUERST FURCHTSAM,
DANN IMMER MUTIGER...
(DENN MAN MUSSTE ES EBEN
HINTER SICH BRINGEN.)

ZUM <u>ANGRIFF</u> ÜBER!

UND MIT EINEM MAL

<u>BRACH</u> DAS GANZE UNIVERSUM <u>ENTZWEI</u>,
UND DAS KLEINE KÜKEN FAND SICH AUSSERHALB
DES **INNEREN** WIEDER!

DA STAUNTE UND STAUNTE ES ÜBER ALL DAS, WAS ES SAH... ES WAR SPRACHLOS...

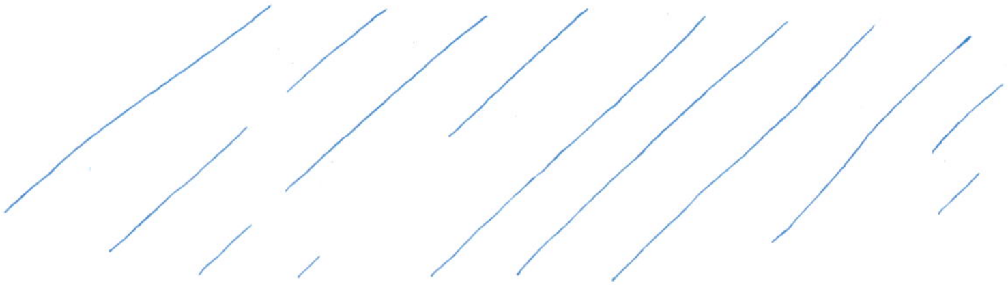

ÜBERALL STRAHLTE EIN HERRLICHES LICHT...

ES GAB WUNDERBARE BLUMEN...

UND BÄUME...

UND VÖGEL, DIE FLOGEN...

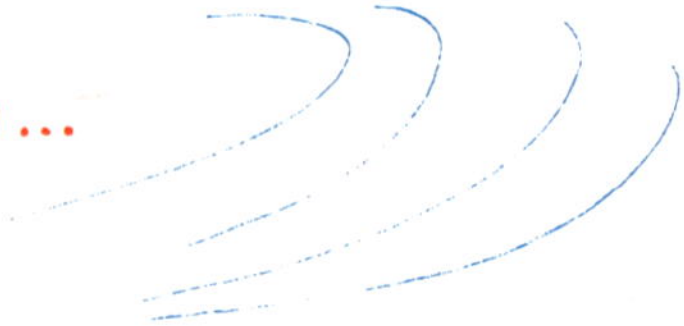

EINE SANFTE BRISE WEHTE...

UND AM HIMMEL STAND DIE SONNE...

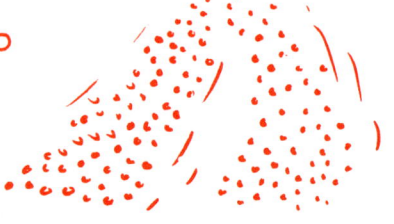

UND ÜBERALL LAGEN GETREIDEKÖRNER..

UND ES LEGTE DEN KOPF ZURÜCK UND **LACHTE**, WIE NUR EIN HÜHNCHEN LACHEN KANN!

DENN DORT DRÜBEN, IN EINEM WINKEL DES BAUERNHOFS...

SAH ES DIE KUH, UND ALS DIE KUH IHR MUUH ANSTIMMTE, ERKANNTE ES, DASS DABEI SEIN GANZES UNIVERSUM VIBRIERTE, UND WANN IMMER DIE MUTTER HENNE FRÜHSTÜCKSZEIT HATTE... VERLIESS SIE DIE EIER UND HOLTE SICH IHRE KÖRNER... WAR SIE ALSO WEG, WURDE DAS LICHT IM UNIVERSUM KRÄFTIGER UND DIE TEMPERATUR SANK AB!

Und da dem Hühnchen all diese grossen Wahrheiten klarwurden…

SCHIEN IHM DAS LEBEN SO EINFACH.

Es schaute die anderen Eier an, die noch ganz heil waren… und konnte erst nicht umhin, zu lachen…

‚Wahrscheinlich sind die da drin noch alle dabei, das Geheimnis ihres Universums zu ergründen 'secret
oder gar das wohlbekannte Muuh-Phänomen, und das voller Ernsthaftigkeit… und sie haben noch **NICHTS** begriffen!

WENN SIE NUR WÜSSTEN!

Und dann neigte sich sein Herz ihnen zu!

‚WIE KANN ICH ES IHNEN SAGEN?
UNMÖGLICH! SIE MÜSSEN SELBST
DARAUFKOMMEN!'

ABER IMMER, WENN SEINE
MUTTER AUCH NUR FÜR
EINEN KURZEN MOMENT
DIE EIER VERLASSEN
MUSSTE, UNTERNAHM ES
DAS KLEINE KÜKEN, SICH
MIT LIEBE, SO GUT ES
NUR IRGEND GING, ÜBER
DEN EIERN BREIT ZU
MACHEN, DAMIT DIE
ANDEREN KÜKEN
MÖGLICHST RASCH...

AUS IHREN SCHALEN
HERAUS UND HINEIN
IN DAS **LICHT** KAMEN!"

... UND DIE KINDER SASSEN STILL DA UND DACHTEN NACH ...

DENN SIE WUSSTEN, DASS DER BAUER IHNEN DAMIT ETWAS WICHTIGES SAGEN WOLLTE.

DANN SAGTE PLÖTZLICH EINES ...

„WAS KÖNNEN DENN WIR TUN, UM AUS DER SCHALE HERAUSZUKOMMEN?"

UND ER ANTWORTETE ...

„ ✔ ZUERST MÜSST IHR GLAUBEN, DASS ES EIN <u>JENSEITS GIBT</u>.
- ✔ DANN MÜSST IHR EUCH <u>SEHR STARK WÜNSCHEN</u>, ES ZU ERREICHEN.
- ✔ DANN WERDET IHR WAHRSCHEINLICH JEMANDEM BEGEGNEN, DER EUCH DEN <u>RECHTEN WEG WEISEN</u> KANN.

UND WENN IHR ES <u>STARK GENUG</u> WOLLT UND WIRKLICH DIE SCHALE AUFBRECHEN HELFT UND NIE DIE <u>HOFFNUNG</u> VERLIERT ... DANN WERDET IHR ENDLICH

<u>FREI</u> SEIN!"

KAPITEL
HEIMKEHR!

SIE VERLIESSEN DEN BAUERNHOF FRÜH AM NÄCHSTEN MORGEN.

SIE GINGEN DEN GANZEN TAG UND SAHEN NICHT EINE MENSCHENSEELE... DER WEG ZOG SICH INS UNENDLICHE...

ALS ES SCHON DUNKELTE, SAHEN SIE EIN LICHT DURCH DIE BÄUME FLIMMERN UND GELANGTEN ZU GUTER LETZT HIN... ES WAR DIE KÄRGLICHSTE KLEINE HÜTTE, DIE SIE JE GESEHEN HATTEN... IRGENDWIE GLICH SIE EIN WENIG DEM HOLZSCHUPPEN, DER ZU HAUS HINTEN IN IHREM GARTEN STAND... SIE BESCHLOSSEN, DASS SIE DEN ERFORSCHEN MUSSTEN, WENN SIE JE NACH HAUSE KÄMEN.

SIE KLOPFTEN GANZ LEICHT AN DIE TÜR...
EIN SEHR, SEHR ALTER MANN ÖFFNETE IHNEN UND BAT SIE HEREIN. SIE WOLLTEN IHN EIGENTLICH NICHT STÖREN, DOCH ES WAR DRAUSSEN SO FINSTER.

153

ER BEMERKTE, DASS SIE SEHR MÜDE WAREN... ALSO WÄRMTE ER IHNEN DIE SUPPE AUF UND MACHTE IHNEN AUF DEM FUSSBODEN EIN KLEINES BETT ZURECHT.

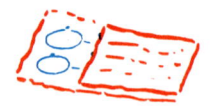

SIE SCHLIEFEN AUGENBLICKLICH EIN.

BEIM ERWACHEN AM NÄCHSTEN MORGEN KLANG IHNEN DAS LIED DER VÖGEL IN DIE OHREN.

„MERKWÜRDIG!" SAGTEN SIE... „SO SCHÖNEN VOGELGESANG HABEN WIR BISHER NOCH NIE GEHÖRT. <u>WO</u> MÖGEN WIR WOHL SEIN?"

DANN DRANG DER KÖSTLICHE DUFT DES GEISSBLATTS ZU IHNEN.
„HMMM... RIECHT <u>DAS</u> GUT, SO ETWAS GUTES HABEN WIR NOCH NIE GEROCHEN. WO MÖGEN WIR NUR SEIN?"

UND NOCH IM BETT FAULENZEND, ERBLICKTEN SIE DURCH DAS FENSTER DIE ALLERLIEBSTEN BLÜTEN.
„SO SCHÖNE BLUMEN HABEN WIR NOCH NIE GESEHEN!

WENN NUR MUTTI UND VATI
AUCH ALL DAS SEHEN KÖNNTEN,
WAS WIR GESEHEN HABEN, UND
VOR ALLEM DAS HIER..."

UND BEI DIESEM GEDANKEN
FINGEN SIE PLÖTZLICH AN
ZU WEINEN.

"WAS IST DENN LOS?" FRAGTE
DER ALTE MANN ÜBERRASCHT.

"WIR MÖCHTEN ZU UNSERER MUTTI,
WIR SIND SCHON SO LANGE WEG
UND WAREN SO WEIT FORT...
UND SIND SO MÜDE, VIELLEICHT
JA, WEIL WIR NOCH SO KLEIN SIND!"

DANN WURDEN SIE AUF EINMAL
EIN WENIG MUNTERER.

"ABER WARUM IST HIER ALLES SO
SCHRECKLICH SCHÖN, DIE VÖGEL
DIE BLUMEN, ÜBERHAUPT ALLES?"

"DAS WAR SCHON IMMER SO..."
SAGTE DER ALTE MANN... "ABER
VIELLEICHT HABT IHR EUCH, DURCH
EURE REISE, VERÄNDERT... DAS
GEHT JA VIELEN LEUTEN SO."

"JA, DARAN HABEN WIR NOCH GAR
NICHT GEDACHT!" SAGTEN DIE KINDER.

„MACHT EUCH NUN KEINE SORGEN MEHR, WIE IHR NACH HAUSE KOMMT", SAGTE DER ALTE UND STIESS DIE TÜR WEIT AUF...

„WISST IHR, WO IHR SEID?"

SIE BLICKTEN HINAUS... UND WAREN VOLLER STAUNEN!

SIE WAREN ZU HAUS!

...AM HOLZSCHUPPEN HINTEN IM GARTEN, DEN SIE NOCH NIE ERFORSCHT HATTEN. SIE WAREN IM KREIS GEGANGEN UND WIEDER AM AUSGANGSPUNKT ANGELANGT!

„WIR SIND WIEDER ZU HAUS! WIEDER ZU HAUS!" JUBELTEN SIE.

DANN HIELTEN SIE AUF EINMAL... GANZ VERWUNDERT INNE.

„ABER WARUM SIND UNS DIE VÖGEL UND DIE BLUMEN UND ALLES ANDERE VORHER NIE SO SCHÖN ERSCHIENEN?"

"ALL DAS HAT SICH NICHT VERÄNDERT...
<u>IHR</u>, IHR HABT EUCH VERÄNDERT!"
SAGTE ER.

IN DIESEM AUGENBLICK KAM IHRE MUTTER
HERBEIGELAUFEN, WEIL SIE MITBEKOMMEN
HATTE, WELCHE AUFREGUNG IM GARTEN
HERRSCHTE.

"WO WART IHR NUR, WO WART IHR NUR?"
RIEF SIE ZU TRÄNEN GERÜHRT.
"WIR HABEN UNS ALLE SO SCHRECKLICHE
SORGEN GEMACHT!"

"WIR SIND DAS GLÜCK
SUCHEN GEGANGEN!"

"UND HABT IHR ES GEFUNDEN?
ICH SUCHE ES SCHON MEIN
LEBEN LANG!"

"O JA, WIR KÖNNEN DIR
SAGEN, WO DU ES
FINDEST...
UNS IST DAS
HERZ NOCH
GANZ <u>VOLL
DAVON</u>!"

DA SCHLOSS IHRE MUTTER SIE GANZ FEST IN DIE ARME!